後宮の巫女嫁
～白虎の時を超えた寵愛～

忍丸

STARTS
スターツ出版株式会社

かつて天上に凶暴な虎の神がいた。

星屑をまぶしたような白い毛に雄々しい模様を持った白虎だ。

常に血に飢え、誰彼構わず牙を剥く虎は嫌われ者だった。

しかし、そんな虎に寄り添う者が現れた。

小さな……虎に比べればとても小さなウサギだ。無垢な心と孤独を抱えたウサギは虎の心を慰めた。はじめは拒絶していた虎だったが、いつしかウサギを愛するようになる。互いに唯一無二の存在となり、死に別れようとも共にあろうと誓った。

だが、そんなふたりの仲を邪悪なる者が引き裂いた。

ウサギを失った白虎は、天を仰いで大粒の涙をこぼしたそうだ。こぼした涙は天上で輝く星となった。〝涙星〟である。

しかし、運命は再びふたりを引き合わせる。

添い遂げられなかった白虎の悲しみを癒やすかのように——。

地上に落ちた星は、白虎に見いだされ、絶え間なく愛を注がれるのだ。

目次

後宮の巫女嫁

～白虎の時を超えた寵愛～

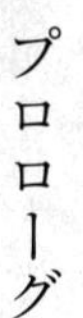

プロローグ

「蘭花お姉様。私たちの結婚を祝福してくれるわよね？」

妹が放った言葉に、私は鈍器で頭を殴られたような衝撃を受けた。

私――杜蘭花は、宴の準備に忙しくしていた。妹が予定にない来客を告げたのだ。

しかも、とびっきりのご馳走を用意しろとまで言いだした。よほど大切な客らしい。

慌てた私は、家畜を一頭屠らせてみずから台所に立ち、調理の差配をした。

本来ならば母の仕事だ。しかし、数年前に他界していた。村の長である父にはひとり妾がいる。本来はその人が母の後を引き継ぐべきなのだが、己の美しさと贅沢をする以外に興味がないようで、仕方なしに私が家を取り仕切っているのが現状だ。

「……ふう。暑いなあ」

台所は竈の火のせいでひどい暑さだ。奴婢に忙しなく指示を飛ばしていると、絶え間なく汗が噴きだしてくる。前髪はべったりと額に張りつき、頬を手でこすると煤で真っ黒になった。手はあかぎれだらけ、爪はボロボロだ。服だって何年も継ぎをしながら着ているから色褪せてしまっているし、肌は日焼けして黒ずんでいた。

一体、今の私を見て誰が村長の娘だと思うだろう。奴婢と勘違いされるかもしれないなと自嘲気味に笑う。

村の長とはいえ、わが家はそれほど裕福なわけではない。うちの奴婢は年老いた夫婦で、あまり過酷な仕事も任せられなかった。自然と多くの仕事が私に回ってくる。だから仕方がないのだと、そう自分に言い聞かせていた。

一方、妾の娘であった妹は悠々自適に暮らしている。艶やかな黒髪を流行りの髪型に結い上げ、美しい紗を重ねた衣をまとい、きらびやかな爪飾りをつけていた。妹はいつだって自由だ。あの子がたびたび母親と一緒に都にでかけて散財して帰ってくるせいで、家計は火の車だった。

父が諫めてくれればと何度思ったことか。だのに、父はあの親子に関して甘かった。私の母とは政略結婚で、愛のない婚姻だったせいもあるのだろう。幼い頃から恋仲だった妾に似た妹に父は耽溺していて、家計に関しては見ないふりをしている。

父が私をどう思っているのかはよくわからない。幼い頃はそれなりに可愛がってもらったように思う。父は寡黙な質で、妹にやりたい放題させてはいるものの、あからさまに贔屓するわけでもない。ただ、なにも言わないだけだ。だからきっと——娘としては愛してくれているのだろう。

正直、過酷な日々に私の心はくたびれきっていた。逃げだしたい、どうして自分ばかりと何度枕を涙で濡らしたことだろう。

だけど、この苦労もあと少しの辛抱だ。数ヶ月後には、隣村の長の息子と私の婚姻が決まっていた。村同士の繋がりを強固にするための政略結婚で、相手の男性と顔を合わせたのも数回だけ。愛しているわけではない。だけど、隣村はうちよりもはるかに豊かだ。きっと暮らし向きもよくなるに違いない。

——そうすれば、こんなつらい思いをしなくて済む。

結婚後は正妻として正式に家を取り仕切るようになる。ひとり汗と煤にまみれて働くことも、腹違いの妹に顎(あご)で使われることも、亡くなった母から受け継いだ装飾品を奪われることも、綺麗(きれい)に着飾った妹の姿に惨(みじ)めな思いを抱くこともなくなるはずだ。

なのに——淡い希望は無残にも打ち砕かれたのである。

宴の支度中に呼びだされた私は、玄関先で呆然(ぼうぜん)と立ち尽くしていた。

「まあ！　相変わらずお姉様は汗臭いわね。鼻が曲がりそうだわ」

妹——蓮花(れんか)が心底不愉快そうに鼻を摘まんでいる。きらびやかに着飾った妹の隣には、見覚えのある青年が立っていた。

「蘭花、久しぶりだね」

優しげな笑みを浮かべたその人は、もうすぐ私の夫となるはずの人だ。

「ら、来客って、あなただったの？　それに……」

ちらりと彼の腕に目をやった。たくましい腕に蓮花が絡みついている。あまりの親密ぶりに目を白黒させていると、妹はにんまりと歪(ゆが)んだ笑みを浮かべた。

「別に不思議なことじゃないわ。私たち結婚するんだもの」

「……ッ！」

さあ、と血の気が引いていく。たまらず視線を青年にやれば、彼は申し訳なさそうに眉を下げた。

「そのつもりはなかったんだけど。君の妹がどうしてもって」

「こ、婚約していたのは私たちでしたよね……？」

「確かにそうだけど。うちは別に君じゃなくても構わない。政略結婚なんだ。家同士が血縁関係になれればそれでいい」

穏やかな口調で話しながら、青年は私の体を天辺からつま先まで眺めた。全身がカッと熱くなる。汗だくで服は継ぎだらけ。化粧すらしていない。着飾った漣花が視界に入るたび、自分との差を感じてじりじりと胸が焼けつくようだ。

私の姿を眺めていた青年は、最後に額に目を留めると、

「僕だって傷物よりは綺麗な方がいいに決まってる。わかってくれるだろ？」

どこか下卑た笑いを浮かべた。

「――あ」

私の額には、生まれつき額の半分を赤黒く染める醜い痣があった。母は、生まれた私を見た瞬間、『前世で悪い行いをしたのよ』と嘆き悲しんだらしい。

慌てて額を手で隠す。知らぬ間に痣が露わになっていたのだ。汗だくで化粧をしていないことよりも、痣を見られた事実がなによりも恥ずかしい。

「うう……」

思わず後退った私に、漣花はさもおかしそうに言った。

「まあ！　傷物だなんて。事実だけどお姉様ったら可哀想！　それじゃ仕方がないわよね。大丈夫、私が彼のお嫁さんになってあげるから。父にも許可はもらったわ！」

「お父様が……？」

さらなる衝撃に見舞われた。妹のわがままを止めるどころか許可するなんて。父の考えがわからない。混乱がますます深まっていく。落ち着きをなくし、キョロキョロと視線をさまよわせている私に、妹はさらに続けた。

「安心して。お姉様の嫁ぎ先だってちゃんと用意してあげるつもりよ。そうね……」

瞳が三日月形に歪んだ。妹は世間を惑わす狐のような邪悪な顔をしている。

「彼のお父様が妾をもうひとりほしいと言っていたわ。見かけを気にしない心の広い方よ！　ぜひ、迎えてもらえばいいんじゃないかしら！　ねえ、そうでしょう？」

「ああ。父もきっと喜ぶだろう。僕から口添えしても構わない」

「あ、嫌……。嫌よ、そんな」

隣村の長といえば狒々爺として有名だった。若い娘をなにより好み、残酷な性癖を持っていて、散々もてあそばれたあげくに命を絶った娘も少なくないともっぱらの噂だ。

絶望が胸に広がっていく。彼との結婚は私にとって唯一の希望だったはずなのに。

妹が——漣花が、すべてを奪っていった。

「どうして……？」

現実が受け入れがたい。涙ぐみながら大きくかぶりを振る。

そんな私に、妹は畳みかけるように嗤った。

「嫁ぎ先が決まってよかったわね、蘭花お姉様。私たちの結婚を祝福してくれるわよね？　いつだってお姉様のものは私のものだった。今回も譲ってくれるでしょう？」

「……！」

耐えきれなくなって、弾かれるようにその場から逃げだした。

家をでて外へ駆けだす。初夏の夜。涼やかな風が吹いている。家々には明かりが灯っていた。窓からこぼれる温かな気配から逃げるように、村の裏手にある山へ向かった。麓には広大な竹林が広がり、虎がでるから近寄るなと言われている場所だ。

だけどそこは、私にとって唯一くつろげる場所でもあった。

竹林の一角に崩れかけている庵がある。かつて世捨て人が住んでいたという庵はボロボロだったが、手入れをすれば日中を過ごすくらいなら平気だった。私は、つらい思いをするたびにそこへ逃げ込んだ。庵には猫がたくさん棲み着いていて、彼らの存在は私のすり減った心を癒やしてくれたから。

「なあん」

息を切らして庵の中に駆け込んできた私を、白猫が不思議そうに見つめていた。

かくりと膝をついて、竹の葉を積み上げて作った手製の寝台に倒れ込む。

「ううっ……うううううう……」

必死に声を押し殺していると、ざらりと生温かいものが頬を撫でた。顔を上げれば、白猫が私を気遣わしげに見つめていた。この子にはいつも食事を分けてやっていたから、お腹が空いたと要求しているのかもしれない。

「ごめんね。今日はなにも持ってないんだ」

手を伸ばして撫でてやれば、ゴロゴロと心地よさげに喉を鳴らした。

私に心を寄せてくれるのは猫くらいだ。どんなに頑張っても、どんなに努力を続けても——みんな、みんな妹が持っていってしまう。私の手もとにはなにも残らない。

——ちりん。

その時、己の存在を主張するかのように鈴の音が聞こえた。服の中を探ると、牙飾りがついた小さな鈴が入っている。母から譲り受けた品で、唯一手もとに残っている飾りだ。村の祭りで踊り手が身につける装飾品。母がなにより大切にしていた——。

「は、はは……」

飾りを眺めていると笑いがこみ上げてきた。虎の牙で作られた飾り。わが国――珀牙国の守護神は白虎だった。虎の牙は持ち主に幸運をもたらしてくれるという。

けれど今は虚しさが広がっていく。

なにが幸運だ。私はこんなにも報われないというのに。

ごろりと仰向けになる。天井の隙間から、一番星が輝いているのが見えた。涙星だ。

伝承によると、白虎が大切な人を想いこぼした涙が成ったといわれている。

――白虎ですら誰かを想って涙を流すのに……。

「お母さん……」

――私を心から想ってくれる人は、もういないのかもしれない……。

母の顔を思いだすと悲しみがこみ上げてくる。思えば、母が死んだ後から私の不幸が始まったのだ。妾がわがもの顔をするようになり、妹のわがままが悪化した。

つらい。苦しい。――寂しい。

私の心を占めている感情はいつだって淀んでいた。だのに、屋根の隙間からこぼれる星明かりは、私の内面とは裏腹にどこまでも澄みきっている。

「もう嫌だ」

ぽつりと弱音をこぼした瞬間、押しとどめていた涙があふれだした。

「もう嫌だよぉっ……！　ああああああああああっ!!」

ボロボロと熱い涙をこぼしながら、鬱憤をぶつけるように大声で泣き叫ぶ。

どんなに頑張っても、どんなに努力してもなにも報われない。世界はこんなにも理不尽で不公平だ。私に優しくない世界なんていらない。今すぐにでも、人喰い虎が押し込んできて私を喰らってくれればいいのに。

しかし、そうそう都合よく人喰い虎が現れてくれるはずもない。涙が涸れるまで泣き続け、体力を使い果たしてぐったりしていれば、徐々に眠気に見舞われた。

――帰らなくちゃ。さすがに長の娘が帰ってこなければ大騒ぎになるだろう。

でも、帰りたくない。むしろ騒ぎになればいいと思った。妹が客人をもてなす暇がなくなるくらいに。

「……もう死んじゃいたい」

投げやりな気分で瞼を閉じる。その日見た夢は、とても不思議なものだった。

絶え間なく竹の葉がふりそそぐ竹林の中に、私がひとり佇んでいる。人の姿はない。猫たちの姿すら。枯れかけた竹林は色褪せていて、折れた竹が幾重にも重なり合っていた。辺りに響くのは轟々と唸る葉擦れの音。なんとも寂しい光景だった。命の終わりを思わせる心が凍える景色。

私はそこで、竹が枯れ果てるのを冷静に見つめている。次から次へとふりそそぐ葉に埋もれそうになりながら、自分の命も竹林と共に終えるのだと予感していた。

『――蘭花!!』

瞬間、誰かに肩を掴まれた。ハッとして振り返れば、巨大な白虎が佇んでいる。確かに人の手が肩を掴んだのにと怪訝に思う。不思議と巨大な獣に対する恐怖感は湧いてこない。白虎は気遣わしげに私を眺めると、グルグルと周囲を回った。

『どうしてこんな……』

初雪よりもなお白い毛を持った虎は人語を解しているようだ。ブツブツなにかを呟いたかと思うと、おもむろに私の前に横たわった。

『こっちにおいで』

顔を上げて私を誘う。正直、戸惑いしかなかった。

どうすればいいかわからず困り果てていると、白虎は黄金色の瞳をうっすらと細めている。まるで笑んでいるかのようだ。

『そこは寒いだろう。俺の毛皮は温かい。さあ、ここに』

どうやらそばに行ってもいいらしい。わずかに躊躇したが、恐る恐る白虎に近づいた。白い毛皮に触れる。素晴らしい手触りだ。まるで絹のように滑らかで表面はひんやりしている。だのに毛皮の奥は温かい。どこか人の温もりに似ている。

瞬間、母を思いだして涙がこみ上げてきた。母に抱きしめられた時もこんな温かさを感じていた。なによりも心地よく、安心する温度……。

『うう……』

たまらず、呻き声をもらして白虎に抱きついた。白虎の体はとても柔らかかった。雲の上にでも乗ったようだ。

『蘭花。もう泣くんじゃない。大丈夫だ、もうすぐお前は報われる』

白虎の言葉が荒みきった心にいやに沁みた。ふわふわの毛。たくましい四肢。大きな獣に抱きついた私は、まるで午睡を貪る赤ん坊のように安らかな気持ちでいた。

『つらかったろう。運命に身を任せろ。もうすぐだ。夏の盛り。天の川が夜空を彩る頃には、お前の悲しみは拭われる――』

現実かと錯覚するほど生々しい夢だった。目覚めた時、毛皮の手触りを覚えていたくらいだ。だけどしょせんは夢。なにも現状は変わっていない。

翌朝、絶望を胸に抱えながらフラフラと家に戻った。父に怒られるかもしれない。妹には嫌みを吐かれるだろう。陰鬱に思いながら居間に入ると、ちょうど目覚めたらしい父と鉢合わせた。ビクリと身を竦めた私に、父はわずかに眉を寄せただけだ。

「戻ったのか」

無断で外泊した娘を咎めすらしない。瞬間、父は私がいないことを知りつつも捜しもしなかったのだと理解した。私がいなくなった後、妹たちはつつがなく宴を楽しんだのだろう。私が用意した食事に舌鼓を打ち、私の存在なんてすっかり忘れて。

ひゅ、と息を呑む。寡黙な父は私を愛してくれていると思っていた。たとえ母との婚姻に愛がなかったとしても、血を継いだ娘を愛おしく感じてくれているのだと。

でも——実際はどうだろう。無断外泊した娘への態度とは思えなかった。父からは妹のような悪意は感じられないが……身内への気遣いも伝わってこない。

——まさか。

眩暈を覚えてよろめいた私に、父はボソボソと呟く。

「もう朝だ。早くしなさい。今日も仕事は山ほどあるのだろう」

それだけ言って部屋を後にする。取り残された私は、呆然と立ち尽くした。

——私は、父にすら愛されていないんだ。

ようやくわかった。父は私を疎んじはしていない。ただ……興味がないだけだ。

体が震えた。どうして今になるまで気づかなかったのだろう。いや——内心では気がついていたのだ。日々の忙しさにかまけて、見て見ぬふりをしていただけで。

強く拳を握る。

私を愛してくれる人はどこにもいないのかと、絶望的な気分だった。

一ヶ月ほど経ったある日。突然、父に呼びだされた。なにを考えているかよくわからない顔をした父は、懐から一通の書簡を取りだして言った。

「これは紹介状だ」

なんの、と私が訊ねる前に父は続けた。

「後宮で女官を募集しているらしい。お前を推薦したいと県令から文が届いた」

「……どうして私を？」

「知らん」

かぶりを振った父に、こくりと唾を飲み込んだ。

――後宮。都の宮城にある女の園だ。皇后を中心に、多くの嬪たちが皇帝の寵を求めてひしめき合っている。下位の女官に至るまで、後宮に住まう女性はすべて皇帝のものだ。当たり前だが普通の結婚は望めず、一度入ると滅多なことではでられない。女官になったが最後、生涯をそこで過ごすことになる。

「狒々爺に娘をやるくらいなら、皇帝にというわけですか」

想像以上に硬い声がでた。口答えとも取れる私の発言に父は淡々と答える。

「……漣花のわがままに振り回されて生涯を棒に振るのは、さすがに憐れだからな」

――憐れ。それが実の娘にかける言葉だろうか。私はあなたの娘ではないのか。あまりに泣きそうになりながら顔を上げる。でも、なにも言えずに口を閉ざした。あまりにも父の瞳が冷めきっていて、そこに親愛の欠片も見つけられなかったからだ。

――私の居場所はここにはない。

その結論に思い至ると、胸にぽっかりと穴が空いたように感じた。悲しすぎて逆に心が凪いでくる。私に残された道はふたつにひとつだ。

狒々爺の妾になり、体をもてあそばれて絶望の淵に沈むか。

閉ざされた後宮の中で女官になり生涯を終えるか。

『運命に身を任せろ。もうすぐだ。夏の盛り。天の川が夜空を彩る頃には、お前の悲しみは拭われる――』

頭の中で、昨晩見た白虎の言葉が響いている。私は書簡を手に取った。ギュッと胸に強く抱いて父を見つめる。

「……今までお世話になりました」

頭を下げた私に、父は無言で背を向けた。

一章　閉じられた後宮で天の川を見上げて

生まれ育った場所に自分の居場所はない。そう悟った私は、早々に村をでて都を目指した。都は村から馬で約二日ほど離れた場所にある。

珀牙国はそれほど大きな国ではない。険しい山脈を越えた向こうには、武力や貿易においてわが国に勝る強大な帝国があるが、侵略を免れ、対等な関係を築いている。

なぜか？　それは珀牙国が神に護られた聖なる国だからだ。

四神——東の青龍、西の白虎、南の朱雀、北の玄武のうち、わが国が神と讃えているのは白虎。穢れなき純白の毛皮を持った若き虎。古代、白虎と友好を築いた一族が、大小様々な部族をまとめたというのが国の起源だ。

珀牙国はとても豊かな国だった。山々からは滾々と清水が流れだし、大地は肥沃で作物もよく育つ。国を囲む山脈を越えた先には広大な砂漠が広がっているらしいから、神の恩恵のすさまじさを感じさせられる。

そんな珀牙国も何度か侵略の憂き目にあった。しかし、白虎がことごとく退けてきたらしい。白虎はただの信仰対象ではない。実在し、みずからの手で国を護ってくれているのだ。

皇帝の玉座の隣には、常に空の玉座がもうひとつ設えられている。もちろん白虎のためだ。この国の頂点に君臨するのは皇帝と白虎だった。珀牙国の皇帝は白虎に仕える祭司の役を担っている。白虎にまつわる祭祀は国において最重要事項だ。一年を通して白虎を讃える行事が行われ、そろそろ夏の盛りを迎えようとしている珀牙国の後宮では、近々行われる祭祀の準備に大わらわだった。

「星妃選出の儀までもう少しね！」

無事、後宮で女官として勤めることになった私は、先輩女官と洗濯に精をだしていた。大きな桶に水を満たし、灰と油脂を混ぜた洗剤を入れて、衣服を思いきり踏みしめる。簡単なように見えて過酷な労働だ。だが、誰かと一緒に笑いながらやればそうつらくはない。

「ねえ、蘭花は誰が選ばれると思う？」

同い年の明々が目を輝かせながら私に訊ねた。足を動かしながら、彼女が期待している答えを口にする。

「もちろん鱗昭儀よ。星妃にふさわしいのはあの人しかいないもの」

「だよね〜！」

望みどおりの答えを得て、明々がきゃらきゃら笑う。

星妃とは白虎に仕える巫女――神の花嫁だ。白虎の魂を慰め、あらゆる祭祀で皇帝と並んで采配を振るう。皇后にも匹敵する権力を持っていて、生涯を巫女として過ごすという。三年前に前星妃が死亡したので、喪が明けた今年、新しい星妃を選出する予定だった。

「でも……まかり間違って私が選ばれたらどうしようっ！」

頬を薔薇色に染めた明々がきゃあっと嬉しげに笑った。

星妃の条件はたったふたつ。後宮に住んでいることと、皇帝のお手つきがない清らかな体であること。それだけだ。つまり、後宮勤めの女官たちは誰しもがほんのりと期待している。自分が星妃に選ばれるのではないか――と。

祭祀を司る星妃には、当たり前だが多大な権益がもたらされる。星妃の外戚は政治的にも重用されるのが常で、明々はきっとそれを期待しているのだろう。

「だけど歴代の星妃はみんな、品行方正で誰よりも美しいらしいよ」

「う……」

「この後宮で一番美人なのは、間違いなく鱗昭儀じゃない？」

「ううっ……！　それを言わないでっ！　夢くらい見させてよお……！」

明々はぷうと頬を膨らませた。私の額をじっと見つめる。

「蘭花も人のこと言えないでしょ。痣がなけりゃねえ。それなりに見られるのに」

「あ……」

何気ない言葉に心が痛んだ。勢いよく顔を逸らして前髪で痣を隠した私に、明々は「ごめん、ごめん」と軽く謝った。

「冗談よ、冗談。鱗昭儀以外に星妃はいないって。よくわかってるわよ！」

「……だね」

鱗昭儀とは、私たちが仕えている妃嬪だ。名を鱗麗華（れいか）といい、父親は文官の人事などを担当する吏部（りぶ）の高官。皇后、四夫人の次に位が高い九嬪のうち〝昭儀（しょうぎ）〟の地位を賜（たまわ）っている。類いまれなる美貌と舞踊の才を持っていて、次期星妃だともっぱらの噂だ。

「ほら、話をすれば」

明々がある場所を指差した。吹き抜けの廊下を女性の一団が進んでいる。見目のいい女官を侍（はべ）らせ、先頭を行くのは鱗昭儀だ。切れ長の瞳に小さな口。まるで美人画から抜けだしてきたかのような顔立ちだ。艶やかな黒髪を高く結い上げ、豪勢な櫛（くし）で飾っている。歩くたびに色とりどりの宝石がゆらゆら揺れて、彼女のしみひとつない透き通った肌を際立たせていた。幾重にも紗を重ねた長裙（ちょうくん）は、鱗昭儀が好んで身につけている落ち着いた紫色。遠目から見ても上品で、私はほうと息をもらした。

――日焼けして黒々としている私とは大違い。本当に綺麗。

憧れに胸が熱くなった。鱗昭儀の美しさは私の目から見ても別格で、劣等感を覚えすらしない。それに、彼女の美しさは私たちにとっても重要だった。

「鱗昭儀が星妃になれば……私たちも星妃つきの女官になれるのよね？」

明々が興奮気味に私へ訊ねた。上司の出世は部下の出世でもある。皇后と並ぶ権力を持つ星妃つきの女官……。想像するだけで胸がドキドキする。

私たちは互いに笑顔になると、仕事中である事実をすっかり忘れて「きゃあ！」と浮かれた声をあげた。

「……コホン！」

途端、背後から咳払い（せきばら）いが聞こえた。恐る恐る振り返れば——先輩女官が怖い顔をして立っている。

「仕事をおろそかにしてなにをしているのっ！」

「ご、ごめんなさ〜い！」

慌てて足踏みを再開した。明々と目を合わせて苦笑をこぼす。

ああ、失敗してしまった。だけど——それすらも楽しい。

生まれ故郷にいた時は散々だった。妹にすべてを奪われ、父には愛されずに、どこにも居場所がなかった。女官なんてと最初は尻込みをしたが、今はよかったと思っている。みんなと同じ女官服を着て、みんなと一緒に仕事へ精をだす。たったそれだけのことだけれど、私の心は羽根のように軽くなった。

なにせ、頑張れば頑張ったぶんだけ認めてもらえる。誰も私のものを奪っていかない。私自身を見てくれ、興味を持ってくれるのだから。

せっせと洗濯をしていると、先輩女官が言った。

「さっさと終わらせるんですね。鱗昭儀が菓子を差し入れてくださいましたから。早く休憩に入らないと、あなたたちのぶんがなくなってしまいますよ」

「えっ……!?」

嬉しくなって鱗昭儀の方へ顔を向けた。たまたまこちらを見ていたらしい。誰よりも美しい妃は、目が合うと親しげにひらひらと手を振ってくれた。

「あ、ありがとうございますっ！」

勢いよく頭を下げた。鱗昭儀は優しげな笑みを浮かべている。

鱗昭儀つきの女官たちは、後宮の中でも仲がいいと有名だった。他の妃嬪のところでは派閥争いや女同士の醜い争いがあるそうだが、ここではそういう諍いもない。それはすべて、鱗昭儀の細やかな気遣いのおかげだった。

——ようやく自分の居場所を見つけられた気がする。

充足感に満たされて胸が高鳴った。

すると、視界の隅におぼつかない足取りで歩く人物がいるのに気がつく。

「……あれ？　明々、あの人は誰？」

女官のようだ。鱗昭儀つきだろう。仕える主によって服の色が違うからすぐにわかる。だけど、あまりにも身なりがみすぼらしい。髪はボサボサ、それほど年老いて見えないのに背中は老婆かと見紛うほどに曲がっている。

明々はその人に目を留めると、心底嫌そうに顔をしかめた。

「ああ——。あれね」

ドキリと心臓が跳ねた。明々の浮かべた表情があまりにも冷めきっていたからだ。

「蘭花が来る前の出来事だったから、知らないのは仕方ないわよね。あの人はね、みんなの輪を乱したから処罰されたの。名前は楊氏」

「わ、輪を？　楊氏はなにをしたの？」

「装飾品を盗んだり、食べものをくすねたり、ものを壊したりしたのよ。彼女、手癖が悪いの。告げ口が趣味でね。人を陥れるのをなんとも思ってないみたいで……」

明々の顔がわずかに歪む。その表情に妹に似たなにかを感じて嫌な汗が伝った。

「嫌だわ。本当に気持ち悪い。あまり関わらない方がいいわよ。蘭花も気をつけなさいね。今は私たちにとって大切な時期でしょう？」

「……う、うん」

「鱗昭儀が星妃に選ばれるかどうかの瀬戸際だわ。万が一にでも、私たちの不祥事が影響したら大変よ。輪を乱した人にはキツイ罰が待ってるの。だから、みんなの迷惑にならないようにしなくちゃね」

「わかった」

こくこくと頷く。ふと興味に駆られて明々に訊ねる。

「ねえ、罰って……どんなの？」

明々はにんまりと意味ありげに笑った。

「──ウフフ。そのうちわかるわよ」

洗濯はそれからほどなくして終わった。鱗昭儀の差し入れは餡がたっぷり入った饅頭で、ほっぺたが落ちそうになるほど美味しかった。村では絶対に食べられない美味に、余ったぶんを分けてもらったくらいだ。

「へへ。嬉しいなあ。本当に後宮に来てよかった」

午後の仕事はまだまだある。一旦、部屋に饅頭を置いてこようと廊下を歩く。すると、柱の陰に楊氏がいるのがわかった。彼女はみんなが休憩していた場にいなかった。罰とやらを受けているそうなので呼ばれなかったのだろう。

──なんだか可哀想だな……。

ひとりだけのけ者にされるつらさは、私も身に沁みて知っている。できれば、自分はそういうことをしたくないとも思った。

──明々には関わるなと言われていたけど……。

「あの……」

楊氏に声をかける。饅頭入りの包みを差しだすと、彼女は虚ろな瞳を私に向けた。

「よかったらどうぞ」

「……っ！」

瞬間、楊氏は引ったくるように包みを奪って駆けだした。ちり、と肌が痛んで顔を歪める。手にひっかき傷ができていた。楊氏の爪が当たったらしい。

「……痛い」

傷を押さえて瞼を伏せた。余計なお節介だっただろうか。

「まあ、いいか」

顔を上げて、気分を切り替えることにした。空を見上げれば天高く雲が盛り上がっている。夏の盛りが近い。夢の中の白虎が言っていた『天の川が夜空を彩る頃』とは、ちょうど星妃選別の儀式が行われる時期だ。

私は確信していた。自分は星妃つきの女官になれるのだろう、と。夢の中の白虎はそれを予言していたのだ。だから、余計なことで思い悩んでいる場合じゃない。鱗昭儀のために日々のお勤めを頑張らなければ。

「よっし！　やるぞ～！」

気合いを入れて歩きだす。そうして、しばらく仕事に精をだしていると、夕方頃には楊氏とやり取りしたことすら、すっかり忘れてしまった。

＊

数日後。日が落ちて、虫たちの大合奏が始まる頃――。

私は自分の部屋を抜けだしてひた走っていた。バクバクと心臓が高鳴っている。それは走っているからだけではない。興奮が抑えきれなかったのだ。

今日、私は鱗昭儀の舞踊の稽古の付き添いに抜擢された。後宮の妃嬪で舞踊を嗜む人は多いが、鱗昭儀ほど熱心な人はいない。星妃の重要な仕事として奉納舞があり、いずれ役目を担った時のためにと毎日の稽古を欠かさないのだ。

舞踊の稽古といっても私自身がなにをかするわけではない。他の女官たちと一緒にひたすら鱗昭儀を見守るだけだったが、あまりにも美しい踊りに私はたちまち魅了されてしまった。同時に、自分の中の衝動を抑えきれなくなった。だから、こうして部屋を抜けだしたのだ。

私がやってきたのは、後宮の一角にある竹林だ。故郷の村にいた頃に逃げ込んだ竹林によく似たその場所には、あらかじめ目をつけていた。

――ここなら誰の目にも留まらない。

竹林に到着するなり、さっさと靴を脱ぎ捨てる。鈴のついた牙飾りを取りだして腕につけた。りん、と澄んだ音がする。

「なあん！」

　ふと顔を上げれば、何匹かの猫が集まってきていた。白虎を崇拝するこの国で、猫は聖なる獣とされている。後宮でも多くの猫が飼われていて、竹林は彼らの遊び場らしい。故郷で仲よくしてくれた白猫に似た子もいる。突然の闖入者(ちんにゅうしゃ)にも猫たちは鷹揚(おうよう)に出迎えてくれた。思い思いの場所に陣取り、まん丸の瞳で私を見つめている。

「ちょっとお邪魔(じゃま)するね」

　軽く拱手(きょうしゅ)してくすりと笑う。居並ぶ猫たちがまるで観客みたいだと思ったのだ。

「これはいいや」

　ひとりよりも誰かの目があった方がいい。興が乗るからだ。

「よかったら観(み)ていってくれる？」

　私は猫たちに話しかけると、ぺこりと一礼をしてから、高く、高く足を上げた。

　――私は踊りが好きだ。

　昔から感情が昂(たか)ぶると体を動かしたくなる質だった。気持ちを乗せて踊っていると、なんだかすっきりする。

　村では毎年祭りが開催されていた。豊穣を祈願する祭りだ。村娘が踊りを披露するのが定番で、時には外部から踊り子を呼び寄せるほど盛大に行われた。

　煌々(こうこう)と松明(たいまつ)が燃えさかる村の中心で喝采(かっさい)を浴びながら踊る――。私は祭りの日が大好きだった。踊っている間はみんなが私を見てくれる。拍手をもらうたび、認めてもらえた気がして鳥肌が立つくらいに嬉しかった。毎年、踊り子に選ばれるために懸命に練習したものだ。一番の主役は、いつだって妹に奪われてしまったけれど。

「はあっ……はあっ……はあっ……」

久しぶりだからかすぐに息が上がる。だけど、私は動きを止めなかった。

脳裏には鱗昭儀の踊る姿が浮かんでいる。彼女の舞いは本当に洗練されていて、指の先まで力が漲っていた。私もあんなふうに踊ってみたい。誰もが惹きつけられてやまないほどの美しさを創りだしてみたい。

体中から汗が噴きだした。りん、りぃんと鈴が楽しげに鳴っている。息が上がる。空気が足りない。でも、踊りが進むほどに痺れるほどの快感が突き上げてくる。

――ああ。ああ！　もっと。もっと踊っていたい……！

「鈴の音に誘われてやってきてみれば。猫に見せるのはもったいないほどの踊りだ」

「……ッ!?」

瞬間、聞き慣れない声がした。慌てて踊りを止める。キョロキョロと辺りを見回せば、すぐそこに男性が立っているのに気がついた。

「あ……」

ハッとして息を呑んだ。男性があまりにも美しい容姿を持っていたからだ。

一番に目を引いたのは瞳の強さだ。珀牙国ではあまり見られない碧色の瞳。夏の空を写し取ったように澄みきった色を放つ瞳の奥には、何者にも負けない強い意志が宿っている。鼻筋は通っていて、薄い唇は緩く弧を描いている。星明かりにきらめく黒髪は絹糸のようでサラサラと夜風になびいていた。

「誰……？」

そう問いかけた瞬間、男性の恰好に気がついた。夜だからよくわからなかったが、灰色の袍を着ているようだ。後宮で灰色をまとうのは宦官である。宦官とは、男性の徴を切り取り第三の性を得た人たち。確か、鱗昭儀にも何人か仕えていたはずだ。

「誰でもいいだろう」

宦官はどこか横柄な態度で答えると、どかりと手近にあった岩に腰かけた。ニッと白い歯を見せて笑む。

「お前の舞いは実に見事だった。もっと見せてくれ」

見ず知らずの相手だというのに、わがもの顔で踊りを要求されて面食らう。

どうしよう……と迷っていれば、宦官の顔を見て噴きだしそうになってしまった。

「なあ、踊らないのか？」

大きな体をしているのに、まるで子どものように目をキラキラさせている。期待に満ちた瞳に見つめられると、なんだかくすぐったい。

「踊り、好きなんですか？」

そっと訊ねれば、宦官は大きく頷いた。

「好きだ。お前もだろう？」

まっすぐに問いを返されて、思わず頷いてしまった。宦官は「なら踊りを見せてくれ！」と無邪気に笑みを深める。

不思議な人だ。顔が綺麗なのもあるけれど、まったく気取ったところがない。純粋に私の踊りを楽しみにしているのが伝わってきた。

——なんだろう。村にいた人懐っこい犬みたいな……。

あまりにも愛想がよくて、鍋の具材になるのを逃れたという犬。小さい頃はよく一緒に遊んだものだ。聞いたところによると、はるか西方には人と同じくらい大きな犬がいるらしい。もしかすると、この宦官みたいな感じなのかもしれない。

——まあいいか。

笑みをこぼして気を取り直す。観客がひとり増えたって構わないだろう。それに、誰かに褒められたのが本当に久しぶりで、ソワソワしてたまらなかった。もっと褒められたい欲がムクムクと首をもたげてきて我慢できそうにない。

「あっ……！　あの！　ふたりだけの秘密にしてくださいね」

はにかみ笑いを浮かべて一礼する。

今度は違う踊りにしようと記憶を探った。先刻まで鱗昭儀が踊っていたものはどうだろう。白虎に捧げる奉納舞——私はふたたび大きく体を動かした。

「月花祭の踊りか。それなら俺も知っている」

宦官は小さく呟くと、懐からなにかを取りだした。

——ひゅるり。

涼やかな音が辺りに響き渡り、私は思わず動きを止めた。宦官が横笛を吹いている。見事な腕前だ。鼓膜を心地よく震わせる笛の音が竹林の中をすり抜けていく。猫たちも聴き入っているようで、気持ちよさそうに目を細めていた。

「……！」

なんともそそられる音に、私は満面の笑みを浮かべた。嬉々として踊りだす。笛の音につられて私の体まで伸びやかに動くようだ。腕を大きく振るうと鈴が軽やかに鳴った。合奏しているみたいで、音が綺麗に嚙み合うと嬉しくてたまらない。

——すっごく楽しい……！

調子に乗って振りつけよりも多く回った。宦官が楽しげに目を細めている。彼が息を吹き込むたび、天高く突き抜けるように笛の音が辺りに響き渡る。

やがて最後の振りを踊りきると、ちょうど宦官も奏で終わった。

心地よい疲れが全身に広がっていく。つう、と頬を冷たい汗が流れていった。

私は勢いよく立ち上がると、大興奮で宦官に近寄った。

「すごい！　あなたとっても笛が上手なんですね……！」

　ぎゅう、と勢いのままに手を握りしめる。宦官はキョトンと目を瞬いた。

　こんなに楽しい踊りは初めてだ！　頬を紅潮させて、よかったところを並べ立てた。伸びやかな音、心地よく耳に触れる音階。できればもっともっと聴いていたい。素直な気持ちを言葉にする。

　どうしよう！　語彙が足りない。こんな言葉じゃ、彼の音楽の素晴らしさは語り尽くせない……!!

「……クッ」

　息つく間もなく語る私に、宦官は小さく噴きだした。ハッとして慌てて手を離す。宦官は肩を震わせて笑っている。

「ご、ごめんなさい。いきなり」

　急に恥ずかしさがこみ上げてきて宦官に背を向けた。しゃがみ込んで手近にいた猫の頭を撫でてやる。

　――やってしまった。初対面の相手になにをしているのだ、はしたない。

　俯いて羞恥に耐えていると、宦官が私の顔を覗き込んできた。

「一方的に感想を言っておしまいか？　俺の話は聞いてくれないのか」

　猫を撫でていた手を掴まれた。ゆるゆると持ち上げられ――甲に唇を落とされる。

「見とれるほど素晴らしかった。天女が舞い降りてきたのかと思ったほどだ」

「……なっ！」

真っ赤になって手を引っ込めた。

「ななな、なにをするんですかっ！」

涙目になって口づけされた手を抱える私に、宦官は楽しげに目を細めた。

「すまんな。あまりにも可愛らしくて」

「じょ、冗談はよしてくださいっ……！」

いたたまれなくなり、勢いよく膝を抱えた。私が可愛いなんてありえない。両手で額を隠す。痣の存在が私の心に暗い影を落としていた。

「夜だからそう見えただけです。明るい場所で見たらきっとがっかりする」

私は生まれつきの〝傷物〟なのだ。痣だけじゃない。肌だって爪だって……綺麗なところなんてなにひとつない。美人でみんなに望まれる妹とは全然違う。

どんよりと表情を曇らせていれば、宦官が首を傾げたのがわかった。

「なにを言う。ほら、顔を上げろ」

「えっ？　あっ！」

無理矢理、顔を上げさせられた。彼の大きな手が私の手を額から外してしまう。

「額に大きな痣がある。それを気にしているのか」

暗い竹林の中には青白い月明かりが差し込んでいた。思いのほか辺りが明るい事実に気がついて、パッと頬が熱くなった。

　こんな間近で見られたら、私の醜さがありありとわかってしまうだろう。きっとそのうち、元婚約者のように侮蔑の表情を浮かべるに違いない。お前には価値なんてないのだと突きつけられる予感がして身が竦んだ。

　──……ああ。もう嫌だ。

　すう、と血の気が引いていく。楽しいひとときの余韻があっという間に拭われてしまった。暗澹たる気持ちでいると、

「ククッ……」

　宦官が喉の奥で笑ったのがわかった。予想外の反応にぱちくりと目を瞬いていれば、宦官はとろけるような甘い瞳で私を見つめた。

「相変わらずだな。踊りがなにより好きで、いつだって額の痣を気にしている」

　汗で額に張りついた私の前髪を指でどけると──。

「自信を持て。お前は可愛くて愛らしい。この痣だってそうだ。何百、何千、何万人と人間がいようとも、お前を見つけだすのに便利だからな」

　チュッと柔らかな唇が私の痣に触れる。

「だから隠す必要はない。可愛らしい徴をくれた親に感謝してもいいくらいだ」

そう言うと、宦官はニッと犬歯を見せて微笑んだのだった。

「～～～～ッ!?!?!?」

なにがなにやらわからない。混乱のあまり、その場から脱兎のごとく逃げだした。

顔が太陽のように熱い。いや、全身が炎の化身にでもなったみたいだ。

「――またここに来い！　お前の踊りが見たい」

背後から宦官の声がする。

走りながら振り向けば、大勢の猫たちと一緒に竹林の中に佇んでいるのが見えた。

とっさに返事がでてこずに背を向けた。駄目だ。なにも考えられない。ひたすら後宮の中を駆け抜けると、自室に駆け込んで布団を被った。

――なんなの。なんなの、なんなの、なんなの!?

ジタバタ足を動かすと、同室の明々が「どうしたの？」と寝ぼけた声をだす。

「な、なんでもない……」

声を絞りだして答えた私は、ひとり悶々と眠れぬ夜を過ごしたのだった。

名前も知らない宦官との出会い。正直、戸惑わなかったと言えば嘘じゃない。嬉しくて、恥ずかしくて、刺激的で……私の頭は彼のことでいっぱいになってしまった。

『――またここに来い！』

宦官の言葉がどうにも脳裏から離れない。

散々悩んだあげく、数日後にふたたび竹林へ足を運んだ。

「来てくれたのか」

別に約束したわけじゃないのに、宦官は以前と同じ場所にいた。猫たちに囲まれ、穏やかに笑う彼の存在感に胸が締めつけられる。

「踊りを見せるだけですからね」

宦官から距離を取って答える。口づけは駄目だと言外に言い含めれば、彼はカラカラと豪快に笑った。

「わかった、わかった！　お前には〝まだ〟刺激が強かったかな」

時が経てばもっとすごいことをするぞ、と言わんばかりの発言に目を白黒させる。

「な、なにを言うんですか。馬鹿っ！」

慌てて背を向けて準備を始めた。ちりんと牙飾りのついた鈴が鳴る。幸運を呼び寄せるといういわれがある飾りを手で握りしめた。

──嘘ばっかりだと思ってたけど、鈴の音が彼をこの場所に呼び寄せてくれたのなら、本当に幸運を呼んでくれるのかもしれない。

ドキドキしながら、宦官が横笛を取りだす様子を横目で眺める。牙飾りを遺してくれた亡き母に心の中で感謝した。

それからというもの、私と彼は何度も竹林で落ち合った。恋人同士の逢瀬でもなんでもない。私が踊り、彼が笛を奏でる。それだけの関係だ。

不思議とお互いに名乗らなかった。名前なんてなくとも、同じ時間を過ごすだけで意思疎通ができたからだ。一曲終わると相手の新しい面を知れた気になる。うまく踊れた時はふたりで喝采を上げた。私たちはいつでも笑顔だった。なんて充実した日々だろう。私はいつしか、日中も彼と過ごす時間を待ち侘びるようになっていた。

雲の切れ間から星たちが顔を覗かせた夏の夜。一週間後に星妃選抜の儀式を控えた日の出来事だ。踊り終えた私は、宦官が夜空を見上げているのに気がついた。

「なにが見えるんですか？」

隣に腰かけて空を見上げた。広大な後宮の中は闇に沈んでいて、辺りには邪魔になる建物も光源もなく、美しい星空が広がっている。

うっとり眺めていると、空の低い位置に天の川が見えた。星妃選抜の頃にはもっと高い位置に見えるはずだ。数多の星に見守られ、鱗昭儀が星妃に選ばれる瞬間を想像していれば、宦官が小さく呟いた。

「天の川の伝承を知っているか。婚姻を機に働き者だったふたりが堕落する話だ」

「はい。確か……そのせいで年に一度しか会えなくなってしまうんですよね」

機織(はたお)りと牛飼いの劇的な恋は仕事への情熱を奪ってしまった。相手しか見えなくなってしまったふたりは相応の罰を受けることになる。

「皮肉だな。そばにいることが互いのためにならないなんて。愛すればこそ、一時ですら離れがたいだろうにな」

憂いがこもった言葉に思わず宦官の横顔を見つめた。

――もしかして、彼にも離れた場所に想い人がいるのだろうか。

宦官の表情には哀愁(あいしゅう)が滲(にじ)んでいて、あながち的外れな妄想ではない気がした。つきりと胸が痛み、慌てて俯く。

――名前すら知らないのに……勝手に傷つくなんて馬鹿みたい。

そもそも、後宮内において女官と宦官の恋は御法度(ごはっと)である。今さらながら現実を思い知らされて、唇を強く噛みしめた。

「……！」

さらりと宦官が私の頬を指で撫でた。ハッとして顔を上げれば、

「お前はわかりやすいな。気落ちするとすぐに下を向く」

宦官はクツクツ喉の奥で笑っている。彼が浮かべた穏やかな表情があまりにも優しさにあふれていて、ますます胸が締めつけられるようだった。宦官の心の向かう先が

自分だったらいいのにと、おおよそ現実的じゃない考えが頭をよぎる。

「なあ――……」

そんな私の内心を知ってか知らずか、宦官はじっと私を見つめた。

「天の川の伝承のふたりは、離ればなれのまま、年に一度の逢瀬を楽しみに日々を生きているそうだ。お前だったらどうする？　現状を受け入れるか？」

「あ、あの？　えっと……」

突拍子もない問いかけに困惑する。しかし、宦官の瞳はどこまでも真剣で、私はこくりと唾を飲み込むと必死に考えを巡らせた。

「私だったら――たとえ誰かに離ればなれにされても諦めません。だって、その人は私を選んでくれたんですよね？　大勢の中から私という存在を求めてくれた。唯一だと決めてくれた。心を……預けてくれた」

ふと故郷で過ごした日々を思いだしてつらくなった。誰も自分を求めてくれない虚しさ。邪魔者だと言われはしないものの、等しく愛情をもらえない悲しみ――。

そんな私に温かい感情をくれる人が現れたなら、絶対に手を離さない。

「私は、私を選んでくれた人に真摯でありたい。その人のそばにいるための努力をします。ひとりは嫌ですから。寂しすぎると死んじゃいそうになるんです」

ほろりと無意識に涙がこぼれた。知らぬ間に感情が昂ぶっていたらしい。慌てて涙を拭うと宦官と目が合った。晴れた空のように透き通った碧（あお）。そこに蜂蜜（はちみつ）のような甘さが滲んでいる気がして、とくんと心臓が高鳴る。

「……そうか。わかった」

なにがわかったのだろう。キョトンと目を瞬いていれば、ずいぶんと月が傾いているのがわかった。

「あ、いけない！　帰らなくちゃ」

宦官は寂しげに眉尻を下げた。名残惜しそうに私の手を握る。彼は捨てられた仔猫（こねこ）みたいな表情をしている。私はニコリと笑んだ。

「また、いつかの夜に」

優しく手を離して笑顔で距離を取った。

宦官はわずかに目を細めると「また、ここで」と私に声をかけた。

通い慣れた道を歩く。胸の奥で温かい感情がくすぶっている。その正体を理解しながらも、報われないと知っていた私は、自分の気持ちにそっと蓋（ふた）をした。

夏の盛りはすぐそこだ。虫の大合奏が響く竹林の中。私たちふたりのやり取りを誰かが見ていただなんて——この時はまったく想像していなかった。

＊

「いつまで寝ているの。蘭花、起きなさい！」

「痛っ、痛いよ、明々！　なにをするの！」

翌朝。目覚めた瞬間、明々をはじめとした先輩女官たちに拘束された。手首を荒縄で縛られ、罪人のように寝間着のまま引きずられる。

やがてある部屋に連れてこられた私は、乱暴に床に転がされた。痛みをこらえながら顔を上げれば、ハッと息を呑む。

鱗昭儀が暮らす宮殿の一室だ。豪奢な椅子に主が腰かけている。大輪の牡丹のごとく美しい人は、ちょうど朝食を終えたところらしい。食後の茶を嗜みながら、女官を何人も侍らせ、ただただ無言で私を見つめていた。

するとひとりの女官が進みでた。私や明々の世話をしてくれていた先輩だ。

「蘭花、説明してちょうだい。夜中に宦官と密会していたって本当？」

さあ、と血の気が引いていった。あの人とのやり取りを誰かに見られていたのだ。

わが国――珀牙国では、後宮にいる女性はすべて皇帝のために存在する。正妻である皇后と、四夫人をはじめとした妃嬪たち……下位の女官に至るまで皇帝の持ち物なのだ。星妃という例外はあるものの、基本的には皇帝へ身も心も捧げることが原則。

私も女官として後宮入りをする際に、官吏からしっかりと言い含められていた。

閉ざされた後宮で、第三の性を得たとはいっても〝元〟男性である宦官に恋慕する女官は少なくないらしい。しかし、それは皇帝に対する不貞だ。絶対に許されない。

私は大きくかぶりを振ると、切々と鱗昭儀へ訴えかけた。

「ち、違います。確かに宦官のひとりと会ってはいました。でも、私はただ彼の演奏に合わせて踊っていただけで」

「……踊り？　どうしてそんなこと」

「もともと踊りが好きでした。だから、鱗昭儀が踊る姿を見て憧れたんです。竹林の中で踊っていたら、たまたまあの人と出会って……笛が得意だからと意気投合しました。そ、それだけです！　他意はありません！」

彼に淡い想いを抱きはしていた。けれどそれを口にしたことはないし、これからもするつもりはない。

――だけど、迂闊だったのは確かだ。

グッと奥歯を噛みしめた。己の愚かさを今さらながらに思い知る。

「私が軽率でした」

頭を床につくほどに下げた。

「今は鱗昭儀にとって大切な時期なのに……足を引っ張るつもりはありませんでした。申し訳ございません。どんな罰も受けます」

潔く宣言すれば、心意気が伝わったのか部屋の中の空気が弛緩した。「蘭花は後宮に来たばかりだものね」と、先輩女官たちが擁護の言葉を口にし始める。

なんとか大事にならないで済みそうだ。ホッとしていると――。

「嫌だわ。そんな小娘の戯言を鵜呑みにして」

しゃがれた声が室内に響いた。

ハッと顔を上げれば、部屋の入り口にみすぼらしい姿をした楊氏が立っている。彼女はフラフラと室内へ入ってくると、血走った目で私を睨みつけて言った。

「見たんだよ。アンタが踊りで宦官を誘惑するところ」

「は……？」

「私がみんなに教えてあげたんだ。アンタが宦官と密会してるって」

ぎしりと心が歪んだ。密告者は楊氏らしい。言葉を失っていると、やつれて落ちくぼんだ瞳をギラギラ輝かせた楊氏は、まるで女官たちを煽るような口調で続けた。

「なあに？　あれ。下品な踊り！　わざと足を開いたり、胸を強調するような動きをして。宦官もまんざらじゃない様子だった」

「嘘を言わないで！　あれは村に伝わる踊りで――」

「それだけじゃない！　星妃の奉納舞まで真似して！　アンタ、自分こそが星妃にふさわしいなんて思ってるんじゃないの!?」

瞬間、部屋の中の空気が凍りついた。擁護を口にしていた女官たちの表情が強ばっている。誰もが鱗昭儀が星妃になるべきだと考えているはずだった。新人がしゃしゃりでてきて、鼻につかないわけがない。

「ちが、違いますっ！　鱗昭儀がとても素敵だったから踊ってみただけで！」

「聖なる奉納舞で男を落とそうとするなんて、アンタってとんでもない女だねぇ」

楊氏の言葉に女官たちがざわついた。

「やだ、どういうこと……？」

「後宮で男漁りをしてたってわけ？　すごいわね」

「違うんですっ……！　そんなことしてません！」

どんどん部屋の中の雰囲気が悪くなっていく。必死に否定するも、白けた空気が室内に流れた。楊氏が揚げ足取りをしたり茶化したりするからだ。

「アンタってば言い訳ばっかりね。少しは本当のことを言ったらどうなの？」

「違うっ！　違うの。言い訳じゃない。私を信じてっ……！」

涙をこぼし、声をからして叫ぶ。明々なら信じてくれるはず。縋るような瞳を彼女に向けた——が、目を逸らされてしまった。さあ、と血の気が引いていく。

どうして？　どん底に突き落とされたような気分だ。楊氏はそんな私の反応すら面白がっている様子だった。ニヤニヤ笑っている楊氏に小声で訴えかける。

「なんで私に意地悪をするの？ やめて。私があなたになにかした？」

「なにもしていないとでも？」

途端、楊氏の表情がストンと抜け落ちた。まるで髑髏のような顔にゾッとしていれば、彼女は懐から一枚の布を取りだす。あの日、残った饅頭を包んであった布だと気がつくと、楊氏は口もとだけを歪に吊り上げて笑った。

「私を見下しただろ？ 可哀想な女って同情しただろ？ 施してあげようって饅頭をくれただろ？ それにどれだけ私が傷ついたと思っているんだ」

「そ、そんなつもりは……」

親切のつもりが彼女を傷つけていたなんて。背中に冷たいものが流れる。

楊氏はささくれだった指で唇をかきむしると、真っ赤に血走った目で叫んだ。

「たとえそんなつもりはなかったとしても、私が不快だと思ったのならすべて真実になるんだ!! どんなに親切な顔をしたって、アンタもいずれは裏切る！ だったら最初から関わらないで！ 話しかけないで！ 私の心に触れないでよ!!」

つう、と楊氏の頬を透明な涙がこぼれ落ちる。楊氏の過去になにがあったのだろうか。彼女をこれほどまでに疲弊させ、心を荒ませた原因は？

戦々恐々としていれば——楊氏は懐からあるものを取りだした。

「言い逃れしたって無駄よ。アンタがチリチリ鈴を鳴らしながら踊ってた事実は間違いないんだ。見ていたのは私だけ。私の言葉がすべてなんだから」

「――！」

虎の牙飾りがついた鈴だ。亡き母からもらった大切な品――。

どうしてそれが楊氏の手に？

『彼女、手癖が悪いの』

瞬間、明々の言葉がまざまざと脳裏に蘇った。

楊氏が盗ったんだ……！

「か、返してっ！」

思わず叫んだ。取り戻そうにも縄で縛られているからどうにもならない。そんな私を嘲笑うかのように、楊氏は戯れに牙飾りを遠ざけた。

「……あらあら」

その時だ。楊氏の手から、誰かがひょいと牙飾りを取り上げた。「あっ！」と楊氏が顔を上げて――硬直する。あまりにも予想外の相手だったからだ。

「蘭花、だったかしら。これ、あなたのもの？」

私に問いを投げかけたのは鱗昭儀だった。それまで黙って成り行きを見守っていたというのに、興味を惹かれたのかしげしげと牙飾りを眺めている。

「は、はい」

恐る恐る頷く。故郷の祭りで使われる装飾品だと答えれば、鱗昭儀の瞳が私を捉えた。黒真珠のような輝きを持つ瞳に見据えられ、ドキリと心臓が跳ねる。なんだろうかと身構えていれば、「あなた出身は？」と問われた。

「都から二日ばかり離れた村ですが……」

「ふうん。もしかして――」

鱗昭儀が村の名前を口にした。特別有名でもない農村を知っているだなんてと驚きつつ、「間違いありません」と頷く。

「十年前もあなたはその村にいたのかしら」

「は、はい。私は村長の娘なので」

「隣村とは今でも親しくしているの？」

つきりと胸が痛んだ。

「妹が長の息子さんと縁を結ぶ予定になっています」

「血族になるのね。おめでとう。それで、隣村の長は今でも健在なのかしら」

「はい。特に病気になったとは聞いていません」

「……ねえ、十年前の祭りを覚えている？」

この問いになにか意味があるのだろうか。

よくわからずに、鱗昭儀のためならと素直に答える。

「ものすごい豊作で、隣村と合同で大きな祭りを開催した年だったかと。当時、まだ幼かったですが、旅芸人も呼んで盛大に催したのでよく覚えています――」

最後の質問に答えた瞬間、身が凍るような思いがした。

「……そう」

鱗昭儀が無表情で私を見下ろしている。彼女がまとっていた華やかな空気はどこかへ消え失せて、黒真珠だと思っていた瞳は虚ろでがらんどうの穴のように見えた。表情が抜け落ちた美しい顔は霊鬼がごとく生気がない。

「り、鱗昭儀……？」

がらりと雰囲気が変わった彼女に動揺していれば、鱗昭儀はみなへ向かい合った。

「さて！　この子の処遇だけれど」

ゴクリと唾を飲み込んだ。どうか誤解が解けてほしい。祈るような気持ちでいると、一転して明るい表情になった鱗昭儀は歌うように言葉を紡いだ。

「蘭花の言葉はなにひとつ信じられないわ。罰を与えます」

「――!?」

一瞬、なにを言われたのか理解できなかった。頭が真っ白になってはくはくと口を動かすことしかできない。楊氏がなにを言おうとも鱗昭儀なら真実を見抜いてくれる。人徳がある彼女なら、私を第一に考えてくれると信じていたのに。

「ど、どうして……？」

呆然と呟いた私に、扇（おうぎ）を取りだした鱗昭儀が言った。

「どうしたもこうしたも。私にとって大切な時期に、夜な夜な男に会いに行くような浅はかな娘はいらないからよ」

さあ、と血の気が引いていく。鱗昭儀の美しい顔が扇で半分覆い隠される。

「私ね、あなたの生まれた村を知っているの」

けぶるまつげに縁取られた瞳が三日月形に歪んだ。瞳の奥には、チリチリと燻（くすぶ）り続ける暗い感情が宿っているように見えた。

「生まれが卑（いや）しいと心まで卑しくなるのね。どんな罰も受けると言ったのは自分でしょう。惨めにあがくのはおよし。潔く受け入れなさい」

——卑しい？

彼女は私のなにを知って、なにをどう判断して卑しいと口にしたのだろう。

……わからない。こんなにも偏見にあふれる人だったのかと、得体のしれない化け物のように見えて背中に悪寒が走る。

鱗昭儀は扇の陰でくすりと笑い、女官たちへ向かって重ねて言った。

「蘭花を次の〝掃きだめ〟とします。みんな、いいわね？」

「ま、待って。待ってください！　〝掃きだめ〟ってなんですか⁉」

たまらず悲鳴をあげた私に、鱗昭儀は一瞥もくれない。彼女は楊氏へ笑顔を向けると、こともなげに言い放った。

「楊氏、長い間大変だったわね。今日から私たちの仲間に戻ってもいいわ」

「…………………………」

鱗昭儀の言葉に楊氏は無言のままだ。真っ青になって動揺している私を横目で見つめ、ニタリと邪悪な笑みを浮かべた。

「これでアンタもおしまいよ。アタシと同じところまで堕ちておいで」

「……！」

呆然として言葉もでない私を、女官たちが無理矢理引っ立てていく。

放り込まれたのは半地下の物置だった。荷物が山積した部屋の中は狭く、埃臭い。土が剥きだしの地面には、粗末な筵が敷かれていた。ここが私の寝床らしい。

——なんで!?　どうしてなの。

唐突に訪れた理不尽な状況に混乱する。私を置き去りにして去ろうとしている明々へ必死に声をかけた。

「ねえ！　明々、みんなに誤解だって言って。私は宦官を誘惑なんてしてない！」

明々は振り返りもしなかった。

扉を閉める瞬間、ちらりと垣間見えた彼女の顔は——。

「馬鹿な子」

私からすべてを奪っていった妹のように歪んでいた。

「嫌。……嫌だ」

ブツブツ呟きながら筵の上にうずくまる。体の震えが止まらない。

自分の居場所を見つけたと思ったのに、誰かに必要としてもらえたと思ったのに、もう二度と枕を涙で濡らす夜を過ごさなくていいと思っていたのに!!

――また、私はすべてを失ってしまったの？

「いやあああああああああああああああっ!!」

慟哭(どうこく)が狭い物置の中に響いていく。

幸福が約束されていたはずの後宮生活。私の目の前には、ふたたび明けるともしれない濃厚な闇が立ちはだかったのだった。

＊

鱗昭儀つきの女官は、誰もが羨(うらや)むほど仲がいい。

その秘訣(ひけつ)が〝掃きだめ〟にあるのだと、私は初めて知った。

〝掃きだめ〟に選ばれた人間は、女官たちがやりたがらない仕事をすべて押しつけられる。汚泥の溜まった側溝の掃除、肥えくみから、淀んだ池のゴミさらい――本来なら下級宦官の仕事までやらされるのだ。

「ねえ、ちゃんとしなさいよ～？　早くしないと日が暮れちゃうわ！」

「無理よ。あの子、どんくさいもの！」

「そりゃそうだわ。アッハハハハ！」

嘲笑っている先輩女官の声を聞かないように必死に努力しながら、黙々と池の底をさらう。どこかで死んだ魚でも浮かんでいるのだろうか。腐臭が漂う緑がかった池の中はヌメヌメしていて、ともすれば足を取られて転んでしまいそうだ。

「……うう」

あまりの惨めさに涙が滲んでくる。すべてを投げだしたい気持ちでいっぱいだ。しかし、きちんと仕事しなければ延々とやり直しをくらうし、閉じられた後宮から脱出するなんて不可能に近い。

「鱗昭儀、今日のお召し物も素敵ですわ……！」

「ありがとう。お父様から布を贈っていただいたから、胡服の様式を真似して仕立ててみたのだけれど、どうかしら？」

「きっと次のお茶会で注目の的ですわ。後宮内で流行るかもしれません」

ふと顔を上げると、少し離れた場所の廊下を鱗昭儀たちが歩いているのに気がついた。全身をきらびやかに着飾って、華やかな雰囲気をまとってしずしずと歩く姿は、一見すると優雅極まりない。

「――あら」

鱗昭儀と目が合った。真っ赤な紅で唇を染めた彼女は、ニィと口の端を吊り上げ、黒目がちの瞳を細めた。まるで獲物を見つけた蛇だ。ゾッとして顔を背ければ、べしゃりと柔らかいものが背中に当たった。

「……？」

恐る恐る振り返る。池の中に、熟れすぎて腐った柑橘が沈んでいくのが見えた。

「ねえ。それも捨てておいてくれる？」

池の縁にいるのは明々だ。次の瞬間、かごいっぱいの柑橘を私へ投げつけ始めた。

「痛いっ」

顔面に柑橘が直撃する。逃げようにも池の底に溜まった汚泥に足を取られて動けない。慌てて顔を庇えば、明々が近くにいた女官に声をかけた。

「ねえ、一緒にやらない？」

「やだ。アンタ面白いこと考えるじゃない？　額の痣に当たったら高得点ってどうかしら！」

他の女官たちも一緒になって柑橘を投げ始める。

「やめて。やめてよ……」

雨のようにふりそそぐ暴力に、もはや逃げる気力を失ってしまった。涙をこぼし、惨めな気持ちでいっぱいになっていれば、木陰に楊氏が立っているのがわかる。

「…………」

楊氏は、以前よりも小綺麗な身なりになっていた。彼女は悲惨な状況の私を見つめていたかと思うと、なにも言わずにその場を去っていく。

「うう……」

自分が〝掃きだめ〟の立場になってようやくわかった。彼女の心を歪ませ、癒やしきれないほどの傷を与えたのは――鱗昭儀だ。誰もが羨んでならない鱗昭儀の周囲は、女官たちの鬱憤をぶつける相手を仕立てることで成り立っていた。生贄(いけにえ)を容赦(ようしゃ)なく踏みしめ作られた、偽りの平穏だ。

「ひどい。ひどいよ……」

犠牲を厭(いと)わない残虐性に寒気を覚える。なにが〝星妃にふさわしい〟だ。無邪気に鱗昭儀へ憧れていた過去が呪わしい。

「あっ」

――ぐしゃり。

腐った柑橘が私の側頭部に当たった。視界に星が飛ぶ。あまりの痛みにたまらず池の中にしゃがみ込む。ノロノロと顔を上げると、他の女官と一緒に明々が私を嘲笑っているのが見えた。彼女と楽しく過ごした日々が夢か幻だったかのようだ。

「……うう……」

あまりにも惨めで唇を噛みしめる。

ふたたび私の居場所は奪われてしまった。これじゃ故郷にいた頃と変わらない。

いや──悪意をぶつけてくる相手が妹だけでなくなったのだ。悪化したと言ってもいい。

──もう嫌だ。死んでしまいたい……。

どろりと濁った感情が腹の底から湧き上がってくる。

『蘭花。もう泣くんじゃない。大丈夫だ、もうすぐお前は報われる』

夢の中で聞いた白虎の言葉が、虚しく心の中に響いていく。

──白虎様、私はいつになったら報われるのでしょうか？　報われることがあるのでしょうか？　夏の盛りの前に……命が果ててしまいそうです。

ポロポロと涙をこぼす。私の疑問に答えてくれる相手はどこにもいない。

「はっ……はっ……」

──息が熱い。

その日の晩。明かりすらない暗い物置の隅で、私は筵に横になっていた。全身に悪寒が走ってたまらない。視界が歪む。眩暈がして座っていられず、咳が止まらない。日が沈むまで池で作業をしていたせいで風邪を引いてしまったようだ。

――夏だからって油断してた。

ノロノロと手を伸ばして、欠けた茶碗に注がれた水を口に運ぶ。薬、と頭によぎってすぐに脱力した。

後宮では薬を手に入れるのも一苦労だ。外廷にいる薬房司に処方してもらえはするものの、薬を注文してもすぐに届くわけじゃない。妃嬪と違い、女官の優先度は非常に低いからだ。それに値も張る。常備薬などは女官同士で資金をだし合って買い置きしておくのが常だった。後宮に来たばかりの私の懐は寂しく、かといって助けてくれる人がいるわけでもない。〝掃きだめ〟である自分が薬を得る方法はないも等しい。はみだし者は、後宮で普通に暮らすことすら難しいのだ。生きる価値すらないと突きつけられているようで、虚しさと悔しさが滲む。

「死んじゃうのかな……」

熱で朦朧としながらぽつりと呟く。それでもいいと一瞬考えた。

『また、ここで』

笑顔で別れた宦官を思いだして胸が痛くなる。あの人は今日も竹林で私を待っているのだろうか。

ふと天井を見上げる。半地下の物置の天井近くには通気口が設置されていた。格子がはめられ、月明かりがもれている。よく晴れているようだ。竹林からは、今日も綺麗な星空が見えるに違いない。

「あの人に累が及んでいなかったらいいんだけど」

星妃選出の儀の直前で、誰よりも不祥事を畏れている鱗昭儀は今回の件を外にもらさないだろう。だから彼は大丈夫。……大丈夫であってほしいと願っている。彼とは二度と会えないだろうけど、その身が安泰であれば少しは救われる気がした。

会えない——その事実に胸が締めつけられる。

「駄目だ。やっぱり会いたいよ……」

会って話したい。彼の笛の音が聴きたい。想いが成就しないなら、せめて別れの挨拶くらいはしたい。

なんとかここからでられないかと思う。私が逃げることを危惧してか、物置の戸には外からつっかえ棒がされていた。外での作業時にはいつだって見張りがいる。しまいにはこの熱だ。ままならない現状に思わず涙がこぼれた。

「どうすればいいの……」

「……そこにいるのか？」

その時だ。焦がれていた声が聞こえてきてハッと顔を上げた。

通気口からもれる光が途切れている。熱で怠い体に鞭打って、山積みになった木箱によじ上れば、そこに愛しい人の姿を見つけた。

「こんな場所に閉じ込められていたのか」

安堵と困惑の色を滲ませた宦官は小さく息を吐いた。「待っていろ」と格子の隙間から袋を差し入れてくれた。中を見ると、薬の包みと饅頭、果物が入っている。

「すぐに助けだしてやれずにすまない」

申し訳なさそうに眉尻を下げた宦官に、私はかぶりを振った。

「い、いいんです。それよりもどうして私の居場所が？　熱をだしているのをどうやって知ったんですか？」

わずかに逡巡した様子を見せた宦官は、ため息交じりに言った。

「お前の姿が見えなくなってから、ある人物に頼んで捜させたんだ。ソイツは後宮内のことならすべてを知れる立場にある」

「すべてを？」

「本当はお前を今すぐにでもここから助けだしたいんだ。だが……」

なにか事情があるらしい。悔しさを滲ませた宦官に、私は「いいんです。いいんですよ」と首を横に振った。

「気をかけてくれただけで充分です。ありがとうございます」

そして、泣くのを必死にこらえながら言葉を続けた。

「私と話をしているのを誰かに知られたら、あなたまでひどい目に遭うと思うんです。だから行ってください。……私のことは忘れて」

どうしようもなく声が震えた。魂が引き裂かれそうなほどに胸が痛む。

本当は一緒にいたい。けれど、私たちはそばにいたらいけない。いられない。

「楽しいひとときをありがとう。あなたの笛の音、私……大好きでした」

──あなたのことが大好きです。

決して伝えてはいけない想いを言葉の裏にこめる。途端、こらえきれずに涙があふれてきた。涙と一緒に想いまでこぼれてきそうで必死に口を噤む。

「──駄目だ。絶対に迎えに来る」

そんな私に宦官ははっきりと断言した。絶対に駄目だとかぶりを振る私に、格子の隙間から手を伸ばす。指の腹で私の涙を拭った彼は力強い口調で続けた。

「泣くな。大丈夫だ、もうすぐお前は報われる。だから絶対に──その日まで生き抜いてくれ。頼む……」

──本当に？　本当に私は報われるの……？

小さく震えて、彼の大きな手にそっと頬を寄せる。

「俺を信じてくれ」

「……はい」

宦官の言葉に大きく頷く。

彼の言葉が本当かどうかなんてわからない。だけど、なにかに縋っていなければ心を保てそうになくて。死を選ぶには彼のことが好きすぎて。

涙で濡れた瞼を伏せる。彼の手の温もりに浸り——束の間の幸福を噛みしめた。


発熱している私にも女官たちは容赦がなかった。物置から引きずりだされ、延々と終わりの見えない作業を課せられる。宦官がくれた薬のおかげでいくぶん体調は戻っていたものの、夏の強い日差しの中での労働は心身を容赦なく削っていった。

「鱗昭儀が星妃になったら、あなたはどうなるのかしらね」

見張りで暇を持てあましているのか、明々がこんなことを言った。

「輪を簡単に乱すような人を連れていくとは思えない。ねえ、浣衣局って場所があるのよ。助かりそうにない病人や、罪を犯した人が終生閉じ込められているの」

明々の顔が歪む。吊り上がった瞳は彼女のねじ曲がった心を象徴しているようだ。

「あなたもきっとそこに入れられるわ。ゴミは捨てられる運命だものね」

特に反論もせずに、黙々と作業を続ける。鱗昭儀をはじめとした女官たちの心は、池の底よりもなお淀んでいた。後宮は外と断絶されている。閉じられた世界は、ここまで人の心を変容させてしまうのだろうか。

「——ああ！　鱗昭儀が星妃になる瞬間が楽しみだわ……！」

そんな人が白虎の花嫁である星妃にふさわしいとは思えない。守護神である白虎が正しい判断をしてくれるのを祈るばかりだった。

——それから数日後。星で作られた大河が夜空を美しく飾った日のことだ。星妃選出の儀が行われる運びとなった。

儀式を行うための祭壇が設えられた会場には、後宮中の女性たちが集められている。誰が星妃に選ばれるかわからないので全員出席が原則だ。普段は病に伏せっている女官すらも会場に駆りだされるほどの一大祭事だ。後宮はどこか浮かれた雰囲気に包まれている。

集められた女性たちは一万人をくだらない。その中で異彩を放っていたのが鱗昭儀が率いる一団だった。女官全員がそろいの衣装を身にまとっている。それが逆に鱗昭儀の存在を際立たせていた。周囲の女官たちとは、宝飾品の数が明らかに違うのだ。

濃紫の裙には水晶の飾り。松明の明かりを反射して星空のようにチカチカと輝く。金銀宝石を贅沢にあしらった首飾り、顔には金粉や翡翠(ひすい)で花の文様を描いている。爪飾りには大粒の真珠。髪を飾る櫛は趣向が凝らされていて、幸運を呼ぶ虎の牙がたっぷりあしらわれていた。同じように見えて誰よりも贅を尽くした意匠は、彼女に女王然とした雰囲気を与えている。

星妃に選ばれるのは誰なのか。それを知るのは白虎だけだ。だが、人々はみな彼女が選ばれるのだろうと予感して、自然と会場の中央の位置を譲り渡していた。

もちろん、その場に私もいた。

私に特別な衣装が用意されるわけがない。着用していた女官服は、連日の過酷な労働のせいで薄汚れ、くたびれていた。ひとりみすぼらしい恰好である事実を隠すために、一団の最後尾から少し離れて立たされた。私の存在に気がついた人々は、他の面々との差に怪訝そうな顔をしている。

「もうすぐよ。私たちの鱗昭儀が星妃になるの……」

明々が楽しげに話している。

しかし、私の心にはなんの感情も浮かんでこなかった。

体力が限界だ。体の節々が痛い。熱が下がらず、呼吸が苦しくて仕方がない。

私は本当に報われるのだろうか。泣かないで済む未来はくるのだろうか……。

『絶対に迎えに来る』

今は宦官の言葉を信じるしかない。

——名前を聞いておけばよかったなあ……。

朦朧とした意識の中で後悔する。いつか彼に名を訊ねる時が来るのだろうか。その時まで、私は生きていられるのだろうか……。

瞬間、周囲がしんと静まり返った。顔を上げれば、祭壇の上にひとりの男性の姿があるのに気がつく。黒い袍を着ているのはおそらく皇帝陛下だ。高坏に玉をいただき、ゆっくりと祭壇の中央へと移動していた。

「これより星妃選出の儀を始める！」

ひとりの宦官が高らかに宣言した。集められた女性たちがそろって拱手をする。

「――頭を上げよ！」

皇帝の言葉と同時に、かがり火へ木がくべられた。轟々と燃えさかる炎に、天の川が陰って見えるほどだ。

やがて厳かな儀式が始まった。

「珀牙国の盟主たる我が述べ伝える。神代の頃よりわが国に富みを与えたまう白虎へ、新たなる花嫁を捧げる時がきた。ここに星妃に足る女人を集めた。心身清らかで、白虎の愛を受け止めるにふさわしい。白虎よ。盟主たる我の呼び声に応え、御姿を現したまえ――」

皇帝がまじないを唱えた……その時だ。玉が淡い光を放ち始めた。陽光にも似た柔らかな光。集まった人々が大きく息を呑む。大きくうねった光が、やがて一匹の獣の姿へと変貌したからだ。

「……おお……」

誰かがため息をこぼした。皇帝の眼前に淡い光を放つ白虎が立っている。

──あれが……。

珀牙国の守護神は、人の四倍ほどの巨躯を持っていた。虎は何度か目にしたが、そのどれよりも立派だ。初雪のように穢れのない白い毛皮。全身を覆う文様は迫力があった。グルル、と白虎が喉を鳴らせば、鋭い牙が垣間見えた。不思議と、肉食獣に対する時の恐怖は覚えない。厳かな畏れを感じる。

「俺の花嫁はどこか」

遠く離れているというのに、白虎の声は不思議と耳に心地よく響いた。のしのしと巨大な白虎が闊歩する。辺りに鋭い視線を投げ、多くの女性たちの中から星妃にふさわしい人物を探しているようだ。

ふと──白虎がある方角に目を留めた。会場の中央。鱗昭儀が立っている場所だ。

女官たちがざわつく。白虎の足はまっすぐに鱗昭儀へと向かっていた。海が割れるがごとく人が避けていく。やがて、白虎と鱗昭儀の間を遮るものはなにもなくなった。

やはり、彼女が……と誰もが納得した様子だ。

鱗昭儀の姿を後ろで眺めていた私は、あの見かけだけは誰よりも清らかで美しい人が興奮で頬を染める様を想像して、暗澹たる気持ちでいた。

——やっぱり世界は理不尽で満ちている。

裏でどんな汚いことをしていたとしても、上辺を綺麗に取り繕った人が勝ち組なのだ。泥臭く努力を重ねる人へ幸福は訪れないのだと、鱗昭儀や妹が証明していた。

世界が闇に閉ざされていく感覚がする。虚脱感に、思わずその場にへたりこんだ。

白虎が近づいてくる。大仰な仕草で鱗昭儀が膝をついて拱手した。

ああ、今まさに次代の星妃が生まれようとしている。

——見たくない。自分を虐げた人が栄光を勝ち取る瞬間なんて！

ギュッと固く目を瞑った。

「嘘……」

その時、誰かが呆然と呟く声が聞こえて、ハッと顔を上げる。

白虎が鱗昭儀の横を素通りしたのだ。誰よりも美しく着飾った鱗昭儀には一瞥もくれない。

ドキン、と胸が高鳴る。白虎の視線が捉えているのは——私だった。

白虎の瞳——その色に見覚えがあったからだ。

「な、なんで。どうして——!?」

青ざめた鱗昭儀がうわずった声で叫んだ。振り返った彼女の顔には焦りの色が窺える。慌てて手を伸ばすも、彼女の手はなにも掴めずに空を切った。

一方、私は信じられない気持ちでいっぱいだった。白虎が見覚えのある人物に姿を変えていったからだ。

大地を踏みしめていた四肢はすらりと長く伸び、人と同じく両足で歩き始めた。全身を覆っていた白い毛皮は衣服へと変貌へ遂げ、たくましい体を優しく包み込んでいる。涼やかな眼差し、整った鼻梁――。さらさらと黒髪が夜風になびいている様は、彼と初めて会った日を思いださせてくれた。

「あ、あなたは……」

宦官だ、と思った瞬間に自分が大きな勘違いをしていた事実に気がついた。彼が身にまとっていたのは灰色の袍ではない。珀牙国で貴色とされる――純白だ。

「蘭花」

呆然としていると、彼が私の名を呼んだ。どうして私の名を知っているのだろう。問おうにも体が震えて言葉がでない。

彼は慈愛にあふれた眼差しを私に向け、そっと頬に触れた。温かい。私のよく知る彼の温度だとすぐに理解する。

「あなたが白虎様なの……？」

小声で訊ねた私に、彼はこくりと頷いた。

「俺のことは白星と呼んでくれ、蘭花」

私を抱き上げると、彼は愛おしいとばかりに頬ずりをする。続けて、私の頬に触れた。やつれ、荒れ果てた肌。指先に触れた。あかぎれでひび割れ、爪には土がこびりついている。そして最後に体を抱きしめた。ろくに食事もさせてもらえず、すっかり軽くなってしまった体。

「……お前を今日という日まで迎えに来れなかった事実が口惜しい」

白星は悔しげに顔を歪め、悲しみに満ちた眼差しを私に向けた。

「今日からお前の生活は劇的に変わる。どうか──どうか、安心してほしい。お前の悲しみは終わったんだ。これからは、俺が絶対に守り抜く」

「……ほん、とう？」

途切れ途切れに訊ねれば、白星は力強く頷いてくれた。

「ああ……」

心が震えている。驚きのあまりになにも言葉が浮かんでこない。ただただ、縋るように白星を見つめる。

こんなにも大勢の中から、私というたったひとりを選んでくれた。その事実がたまらなく嬉しくて。

「……ひっく」

くしゃりと顔を歪めて、ボロボロと大粒の涙をこぼす。

「ありがとう。選んでくれて、ありがとう。私を必要としてくれてありがとう……」

暗い感情がこもらない涙を流したのは一体いつぶりだろう。

「ありがとう……うあ、あああああああ……」

温かな涙は私を濡らし、そして白星へふりそそいだ。

「蘭花、お前が俺の星妃だ」

白星の言葉にこくこくと何度も頷く。彼の首にぎゅうとしがみつけば、白星は優しく私の背中を叩いてくれた。

私を抱き上げたまま、白星は踵を返して祭壇を目指す。そんな私を誰もが呆然と見つめていた。私をいじめ抜いた女官たちは顔色をなくしている。明々は尻餅をついてしまっていた。そして——鱗昭儀も。

「嘘よ。絶対にありえない」

怒りに震え、汗で化粧が崩れてしまっている。強く噛みしめすぎたのか、彼女の唇からは一筋の血がこぼれていた。

白星はゆっくりと壇上へ上がっていった。そこには皇帝陛下が待ち受けている。

「あ……」

皇帝陛下と目が合うと、白星の腕の中から下りようともがいた。不敬で罰せられると考えたのだ。だが、皇帝陛下は私の動きを止めた。

「かしずく必要はない。君は私の臣民ではないのだ。神の花嫁になったのだから」

キョトン、と目を瞬く。己の立場が変わった事実をいまだ呑み込めないでいれば、皇帝は居並ぶ人々に語りかけた。

「儀式は成った！　新しい星妃の誕生である。白虎に護られし珀牙国に栄光あれ！」

皇帝の言葉に、人々は喝采を上げた。

「珀牙国と新たな星妃に繁栄を！」

人々の声は辺りに響き渡り、天の川が見下ろす後宮中に広まっていく。

こうして、私の前に立ち込めていた闇は、星の大河に見守られた夜に打ち払われたのだった。

幕間　皇帝と白虎

新たな星妃が誕生したその日、だいぶ夜もふけてはいたが、内廷の一室ではささやかな宴が催されていた。奥まった場所にある部屋は皇帝の私的な空間だ。

「めでたい！ 新しい星妃の誕生に乾杯しようではないか！」

陽気な声をあげたのは珀牙国皇帝である夏候文だ。チラチラと蝋燭の黄みがかった明かりが揺れる中、酒肴に景気よく箸をつけ、次々と酒杯を干している。

「あらあら。あなた、飲みすぎないようにしてくださいませね？」

夏候文をたしなめたのは、皇后である玉瑛。ふくよかな体を持ち、宗教画の女神のように優しげな面持ちをした彼女は、呆れ顔をしながらも、夏候文と同様に安堵を顔に滲ませていた。それだけ、今日の儀式の成就は嬉しい出来事だったのだ。

「牙伯。嬉しいのはわかるが、あまりはしゃいでくれるな」

皇帝を親しげに字で呼んだのは、珀牙国の守護神たる白虎、白星だ。チビチビと酒杯から酒を舐めるようにして飲む白星もまた、緩んだ気配をまとっている。

「――本当に間に合ってよかった」

夏候文がもらした言葉に白星が渋面を浮かべた。整った顔にはありありと苦悩が表れている。憂いげに瞼を伏せた白星が思いだしているのは、今は柔らかな寝台で穏やかな眠りを享受しているであろう――新たな星妃、蘭花だ。

「まかり間違ったら蘭花を失うところだった。こんなに気を揉むことになるなんて」

たまらず息をもらした白星に、夏候文も苦い顔になった。

「ここ数ヶ月は気が気じゃなかったな。あの娘を後宮に引き入れれば、あとはうまくいくと考えていたのが甘かった」

蘭花が後宮に勤めるようになった経緯には、皇帝の介入があった。県令に推薦文を書かせたのは他でもない皇帝だ。

――蘭花と白星。ふたりの間には、蘭花の知らない因縁がある。

酒杯を干した夏候文は、思案げな顔で白星に訊ねた。

「なあ、白星。鱗昭儀は〝奴〟のせいで蘭花殿にひどいことをしたのか？　聞いた話じゃ前評判とはまるで別人のようじゃないか」

「わからない。俺の目には少なくとも〝奴〟の影響はないように見える」

夏候文に酒を注いだ白星は、おもむろに顔を上げた。蝋燭のおぼろげな明かりに壁が浮かび上がっている。石壁だ。表面には壁画が描かれていた。この部屋には、珀牙国創設より続く歴史が刻まれた壁画が遺されているのだ。

描かれているのは、今より千年も前の出来事。大きな白い虎を大勢の人間たちが囲んでいて、悲しげな顔をした獣はじっと空を見上げていた。天上にはひとつの星が燦々（さんさん）と輝いている。それは白虎にとって〝ある悲劇〟の光景を描いた壁画だった。

白星と同じように壁画を眺めていた夏候文は、守護神の横顔をじっと見つめた。

「——ともあれ、あの子を星妃に選びだせたのだ、ひとまずは安心だろう。だが……
今後も気を抜くなよ。ふたたびの悲劇は私としても御免被りたい」
「ああ……。秋の月花祭まで、できる限りのことはするつもりだ」
月花祭は月下美人が満開に咲く夜に行われる儀式だ。新しく役目を拝命した星妃は、
その儀式を経て正式な神の花嫁と認められる。いわば神との婚姻の儀式だ。白星に星
妃として選びだされたとはいえ、蘭花は対外的にいまだ不安定な立場にあった。
途端、白星が苦々しい顔になった。深く嘆息する。
「……まったく。月花祭など経なくとも、蘭花を花嫁と認めてもいいだろうに」
蘭花こそが白星が求めていた相手だ。だのに、人間たちは面倒な儀式を経ろという。
白星の愚痴に、夏候文はたまらず苦笑をもらした。
「仕方あるまい。慣習を変えるのは難しいのだ。たとえ蘭花殿が〝真なる〟星妃で
あったとしてもな——」
ぐびりと酒杯をあおった夏候文に、白星は「ああ」と頷いた。
——文句を言っていても仕方ない……か。
白星が苦笑を浮かべていれば、夏候文がやたら沈鬱な顔で言った。
「……正直、不安だよ。お前が蘭花殿に近づいた途端にこれだ。なあ、本当に〝奴〟
はお前を狙っているのか？　千年前だぞ！　さすがにしつこすぎやしないか」

「確かなことはわからない」

彼らを悩ませている原因は過去にあった。白星はある人物に狙われている。すべては千年前に起きた不幸な出来事がきっかけであったが、そのせいで今まで白星は蘭花に近寄ることができないでいたのだ。

その人物は、最後にこう言い残して姿を消した。

『君を幸せにしてなどやるものか。君がなにより大切に思うものを、僕は何度でも奪ってやる。絶対にだ！』

「……鴞め」

過去に呪詛を吐いて消えた相手の姿を思いだし、白星は眉間に皺を寄せた。

「クソ……」

思わず悔しげに呟いた白星の隣に、ある人物が寄ってきた。玉瑛だ。

「悩んでいても仕方がありませんわ。今回の件が鴞の仕業であったとも限りませんし、今は無事に迎え入れられた事実を喜びましょう」

ニコリと穏やかに笑い、酒杯に酒を注ぐ。すると夏候文も玉瑛の後に続いた。

「そうだぞ。いつまでもクヨクヨしていたってどうしようもない。一刻も早く鴞を見つけだして屠ればいい話だ。今年は鴞狩りにより多くの兵士を投入するつもりだよ」

だから気に病むな、と白い歯を見せて笑う。ふたりの笑顔に白星はキョトンと目を瞬いて、次の瞬間には破顔した。

「……ありがとう」

夏候文と玉瑛が頷く。ふたりの目には白星への信頼の光が宿っていた。

守護神である白星と、皇帝、皇后。普通ならば声をかけ合うことすら躊躇しそうな関係だが、夏候文はいささか規格外な男だった。共に国を護る存在なのだから、積極的に意見を交わし合うべきだ、かしこまる必要はないという。夏候文はそういう男だった。下級官吏の奏上にみずから目を通すような皇帝なのだ。

神を見くびっているとも取れる発言に初めは仰天したものだが、白星は笑って受け入れた。結果、三人は非常に気安い関係だ。中でも、若くして皇帝となった夏候文とは不思議と気が合う。有能で〝賢帝〟と讃えられている男は神である白星にも物怖じしない。歴代の皇帝と関わってきた白星だったが、それがやけに心地よかった。今では気の置けない友人のように思っている。

杯の中身を一気に飲み干した。覚悟を決めろと白星は自分へ言い聞かせる。

蘭花の言葉を思いだす。それは、竹林の中で語らった時のことだ。

『私は、私を選んでくれた人に真摯でありたい。その人のそばにいるための努力をします。ひとりは嫌ですから。寂しすぎると死んじゃいそうになるんです』

寂しげに語った彼女の顔が忘れられない。鴉がなんだ。なにがあろうとも彼女を守り抜けばいい。だが──なにもできずにいた自分が歯がゆくて仕方がない。

「神とはままならないものだな」

途端、夏候文が苦々しい顔になった。蘭花の不幸に対してなにもできなかったのは、夏候文も同じだったからだ。

「仕方あるまい。神だからこそ手をだせないこともある。……私が、皇帝だからこそ好き勝手に動けないのと同じように」

夏候文と顔を見合わせて、はあ、と同時にため息をこぼした。

ふたりには共通の悩みがある。強大すぎる力を持ちながら自由に振るえないのだ。

白星は、神としての絶大な力を人間相手に思うままに行使できない。相手が己の守護する国の民ともなればなおさらだ。白星の力は珀牙国の人間を護るためだけに存在している。どんなに憎い相手でも誰彼構わず傷つけることはできない。

一方、皇帝は珀牙国において絶大なる権力を保持している。とはいえ、蘭花をすぐに星妃として迎えることはできなかった。一介の田舎娘であり、なんの後ろ盾もない蘭花を意味もなく星妃の座に据えるには様々な障害があるからだ。

星妃の外戚は多大な利益を得ることが多く、誰ともしれない娘を星妃に据えたとなれば、政争のきっかけにもなりかねない。みなに納得してもらうには〝劇的な仕掛け〟が必要だった。

頭を悩ませた末に選んだ舞台こそが〝星妃選別の儀〟だ。後宮に住まう女官であれば、誰だって星妃に選ばれる可能性があると〝信じられている〟儀式。

そこで、派手な演出で蘭花を選びだせれば、無事に神の花嫁として迎え入れられると考えたのだが——。

「はあ……。儀式に至るまでにあんなことになるなんて。方法が婉曲すぎたか？」

「鱗昭儀を主に選んだ時点で失敗だろう……」

「グッ！　だってあの女、人徳があるともっぱらの噂だったろう！」

鱗昭儀の手によって蘭花は〝掃きだめ〟に落とされた。そのきっかけが自分との逢瀬だったと知った時の白星の嘆きはいかばかりだったろう。ふたたび、白星は蘭花がひどい目に遭っている事実を理解しながらも手をこまねく羽目になった。弱っていく蘭花に焦りと苛立ちを隠しきれず、夏候文たちの気を揉ませたのは記憶に新しい。

夏候文の発言には皇后である玉瑛も渋い顔にならざるを得ない。

「鱗昭儀の件に関してはわたくしの不徳のいたすところですわ。後宮の管理は皇后の勤め。なのにあの女の本性を見抜けずにいた。……申し訳なく思っております」

蘭花が鱗昭儀に〝掃きだめ〟に任命された後、玉瑛はなんとかして彼女を救いだそうと動いた。だが、鱗昭儀は身内のことだとのらりくらりとかわし、儀式まで蘭花を解放しなかったのだ。

星妃は皇后にも劣らぬ権力を持つ。星妃になるのだからと、慢心した鱗昭儀が皇后を軽んじた結果とも言えた。星妃任命の儀があと少し遅かったらと思うとゾッとする。深く頭を下げた玉瑛に、白星は思わず目を逸らした。

「――この国を滅ぼさずに済んでよかった」

ピクリ、と玉瑛が身を竦めた。ちらりと壁画に視線を投げる。壁画の下部には、川が氾濫し、山々が真っ赤な火を噴いて、家々が燃える様子が描かれていた。

「二度と同じ過ちを繰り返さないよう……肝に銘じます」

絞りだすように呟いた玉瑛とは対照的に、夏候文はやけに明るい口ぶりだ。

「まあまあまあ！　めでたく星妃となったのだ。あの女も二度と手はだせやしないさ。神に逆らおうだなんて誰も思うまい。残った問題は鴞の件だけだ」

なんともお気楽な夫に、玉瑛は肩を落とす。

「女の執念はそんなに単純ではありません。星妃にこだわっていたあの女がそうそう簡単に諦めるとも思えませんわ。この先も隙あらば星妃の座を狙ってくるでしょう。本来なら今の時点で排除したいくらいなのですが、蘭花様への仕打ちを追及しても、女官が勝手にやったことと逃げられるでしょうし……」

「なら、どうするつもりだ？」

夫の問いかけに、玉瑛はコロコロ笑った。

「機を待ちますわ。醜い女狐が尻尾をだすのをね。白星様が民に神の力を振るえないのなら、わたくしにお任せください。大丈夫、報いは受けさせます」

笑顔で物騒な発言をした玉瑛に、白星と夏候文はたまらず顔を見合わせた。妻の言葉をごまかすように、夏候文はパッと表情を切り替えて酒杯を掲げる。

「――まあ！　なにはともあれ、あるべき場所に収まったのだ。乾杯しよう！」

己の幸福を素直に喜んでくれる友の姿に、白星は胸が温かくなるようだった。こくりと頷いて自身も酒杯を手にする。

「……ふたりとも、これからも頼りにしている」

頭を下げた白星に、夏候文はニカッと白い歯を見せて笑った。

「ハッハ！　任せておけ。大船に乗ったつもりでいろ！」

ドンと胸を叩いて請け負った友人に、白星は笑みを浮かべた。

「お前の治世が長く続くことを願うよ」

思わずこぼせば、夏候文の頬が鮮やかに染まった。照れくさそうにはにかむ皇帝に、皇后である玉瑛も嬉しげだ。

「わたくしも、精一杯お手伝いいたしますわ」

三人は互いに笑顔になると、珀牙国にとっても記念すべき日を無事に乗り越えられた事実を祝い、杯を交わしたのだった。

二章　星妃は白虎の腕のなか

私の人生は、まるで泥の中であがき続けているようだった。

逃れようともがいてもズブズブと深みにはまってしまう。沼の底で地上を見上げて、みんなが楽しそうにしているのを羨み、己の惨めさに涙をこぼしている――それが私のすべて。

だけど、大勢の女官の中から白星に見つけてもらった途端、私の人生は変わったのだ。沼の底から引き上げてもらえた瞬間、充分すぎるほどの優しさに包まれた。

星妃選出の儀が終わった後、休養期間をもらった。〝掃きだめ〟として酷使された体は弱りきっていて、普通に生活することすらままならなかったからだ。侍医の診察を受け、日がな一日柔らかい寝台の上に横たわり回復を図る。

眠りながら、私はたびたびうなされた。目を瞑れば誰かに虐げられる夢を見る。星妃に選ばれた事実が嘘だったのではないかと何度も夜中に跳ね起きた。妹にすべてを奪われ、一度得た安寧（あんねい）を〝掃きだめ〟だとぶち壊された衝撃は、それほど深刻な影を落としていたのだ。

白星はそんな私のそばにずっとついていてくれ、甲斐甲斐（かいがい）しく世話をしてくれた。毎晩のように悪夢にうなされ、涙をこぼす私を慰めてくれる。心地よく響く低い声に励まされ、彼の温もりに包まれると、私は心から安堵できた。

「お願いです。眠るまでそばにいてくれませんか……」

気が弱っていたのか、想像以上に甘えた声がでる。大好きな人が隣にいる事実があまりにも心地よくて、弱った私は自分を取り繕う余裕すらなかった。

「もちろんだ。ずっとそばにいる」

私がねだると、白星はいつも額に手を当ててくれた。ひんやりとしていて、内側には温かな熱が存在しているとわかる手のひら。彼の存在に心が少しずつ救われていく。

「お願いです。私を必要としてください。誰かにいらないと言われるのも、なにかを奪われるのももう嫌だ。だから」

ポロポロ涙を流しながら必死に希う。

「私の居場所をあなたの隣にください……」

白星は私の涙を拭うと、大きく頷いてくれた。額に唇を落として髪を指で梳く。何度も、何度も――慈しむように私の髪に触れていた。

「不安にならなくてもいい。お前の居場所は俺の隣だ。だから安心して眠れ」

慰められ、私はふたたびまどろみの中に意識を溶け込ませる。すると、とても優しい夢を見た。白虎姿の白星と一緒に草原の中でかけっこする夢だ。

なぜか私はウサギの姿をしていて、懸命に白星を追っていた。胸は白星を想う温かな気持ちでパンパンだ。今にもあふれだしそうな感情を伝えたくて、夢の中の私は何度も何度も同じことを口にしていた。

『大好きだよ、私は君がなによりも好きっ！』

私の言葉はどこまでもまっすぐで曇りがない。なにより、好意を言葉にするたびに白星が照れくさそうに笑うものだから、それが嬉しくてたまらない。

『ずっとずっと一緒にいようね。この先もずうっと！』

『もちろんだ。俺たちはふたりでひとつ。魂を分け合った仲なんだからな！』

そして、果てなく続く草原をふたりで駆けていく。

幸せな夢だった。満ち足りていて、何度でも見たいと思うくらい。

体調が回復していくにつれて、悪夢の頻度は下がっていった。代わりに幸福な夢を見るようになる。夢の中で過ごすひとときは本当に幸せで、白星の献身的な看護と相まって、私の心を徐々に癒やしてくれたのだった。


普通に起き上がれるようになった後は、星妃のための宮殿に住まいを移した。

星妃の住まいは七星宮と呼ばれている。後宮のほぼ中央に位置していて、広大な庭を擁していた。瑠璃瓦が敷かれた屋根には豪華な装飾が施され、宮殿の入り口を守る蝶番の扉では、虎の意匠が睨みを利かせている。それだけではなく、飾り戸や格子窓など、宮殿のあちこちに星と虎の文様が施されていた。艶めいた漆塗りの上に、金箔を惜しげもなく使った調度品は眩いばかり。おそらくどの妃嬪の宮殿よりも豪奢な建物に、最初はポカンと口を開いたまま動けなくなったくらいだ。

私への待遇も様変わりした。以前はひとりでなんでもこなさないといけなかったのに、自分でなにかをしようとすると怒られる立場になってしまった。宮殿内を自由に出歩くことはおろか、他の宮殿へ移動する際には輿に乗らないといけないくらい、生活のすべてに他人の手が必要になったのだ。

正直、なんの心の準備もできていなかった私は戸惑った。生活に関わるすべてを誰かに代行してもらう行為への困惑。そして——女官という存在への恐れ。女官時代の経験が私を臆病にさせていた。

——またいじめられたらどうしよう。誰かに悪意を向けられるのはこりごりだ。

だけど、私の心配は杞憂に終わった。七星宮に勤める女官たちは、あらゆる意味で他とは一線を画していたのだ。

「星妃様、お湯加減はいかがですか」

「は、はい。大丈夫です。凜凜さん……」

星妃の一日は体を清めることから始まる。神の花嫁であり、巫女である星妃は清潔さを求められたからだ。

宮殿の中には専用の浴場が整備されていた。しかも浴槽に張られているのはお湯である。これまでは時々水で沐浴する程度だった私としては、あまりの贅沢さに眩暈がしそうだ。

ぼんやりと湯を沸かす手間に想いを馳せていれば、私の髪を優しく梳っていた凜凜が苦笑をこぼした。彼女は、私つきの筆頭女官だ。三十代くらいの壮年で、穏やかな雰囲気をまとっている。

「凜凜とお呼びくださいと申しましたでしょう?」

「う……。わ、わかりました。凜凜さ……、り、凜凜」

しどろもどろに答えれば、凜凜が破顔した。もともと細い目がますます糸のようになる。愛嬌のある笑い顔だ。

「なかなか慣れませんねえ」

凜凜は歌うように呟くと、ニコニコしながら私の顔を覗き込んできた。

「そうだ。今日のお召し物はいかがいたしましょう? 新しい星妃誕生を祝って、諸公より献上品が山ほど届いております。女官たちも張り切って新しい衣を仕立てておりましたよ。どれもこれも本当に可愛らしくて! 蘭花様にお似合いの品ばかり」

心浮き立っている様子の凜凜に、私は動揺を隠せない。

「あ、あの。昨日も一昨日も新しい衣装だったじゃないですか。また同じのを着たらいいと思うんですが……」

ずっと一張羅で過ごしていた身としては、毎日衣装をとっかえひっかえするだなんて非常に心苦しい。

――それでなくとも私の世話にお金がかかっているのに。

両手でそっとお湯をすくった。水面には深紅の花びらが浮いている。他国の花で、香りがいいからと遠方から持ち込まれたものだ。髪を梳いている香油も、金と同じ価値があるという稀少な品。そもそもお湯に浸かる行為自体が贅沢の極みである。

――ああ！　この湯船を満たすのに、一体どれだけの薪を消費したのだろう……。

チリチリ胸が痛む。星妃になってから気づいた。実家で散々金銭に苦労していたせいか、質素倹約が染みついてしまっているようだ。確かに花びらはいい匂いだし、朝の入浴はとんでもなく気持ちがいい。だけど――どうにも落ち着かない！

「そんなに贅を尽くさなくても。……それなりであれば私は構わないんですけど」

おずおずと提言してみると、凛凛が細い瞳をうっすらと開けた。露わになった縦長の瞳孔にビクリと身を竦める。

「あらあら。星妃であらせられる方がなにをおっしゃるのですか！」

「ふわっ⁉」

凛凛は私の顎に触れると、ゆるゆると按摩を始めた。絶妙な力加減。一気に血行がよくなって、天に昇るほどの心地に思わず体が弛緩する。「ふわあ」と気を抜いた私に、凛凛はニコリと笑んで囁いた。

「あなたはわが主の花嫁なのですよ。妥協できるはずがありません。星妃様は誰よりも美しくあるべきです。誰よりも着飾って当然です。誰よりも幸福を享受して――」

「……り、凜凜？」

凜凜の顔が近づいてきた。彼女の頭上では三角の耳がピコピコ動いている。

「あのお方の隣で笑っていてくださいませ。それが珀牙国の繁栄に繋がるのです」

力強く断言した凜凜に「はい」と小さく頷いた。

七星宮の女官たちは他と違う。凜凜をはじめとした私つきの女官たちは、すべて白星の眷属である猫の化身だからだ。彼女たちは白星を頂点としたひとつの〝群れ〟だ。だから人間のように余計な争いは起こさないし、主の命令には絶対服従だった。

ちなみに凜凜は白猫の化身だ。白星と竹林で会っていた時、あの場に彼女もいたらしい。だから楊氏に私が濡れ衣を着せられた時は心から悔しかったと凜凜は語った。

「それに、私自身も……星妃様には幸せになっていただかなければ気が済みません」

「……はい」

「いつも優しく撫でてくれたあなたを、時に食事を分けてくれたあなたを――私は心から敬愛しておりますから」

凜凜は私が故郷にいた時もそばにいたのだそうだ。竹林の中にある崩れかけた庵で、真っ白な猫が私の心を慰めてくれた記憶はまだ新しい。凜凜は、ひとり村をでた私を追って後宮へとやってきた。後宮内でも似た猫がいるなあとは思ってたけれど、まさか同じ猫だったなんて思いもしなかった。凜凜は私が星妃になると知るやいなや、みずから女官になると白星に申し出てくれたという。それもこれも、彼女が私に恩を感じているからだ。私が分け与えた食事のおかげで、多くの子どもたちを一人前になるまで育てられたらしい。

ふうとひとつ息を吐く。凜凜の気遣いが泣きたいくらいありがたくて、嬉しい。

「凜凜、本当にありがとう。今はまだ慣れないけど、慣れるように、します。……あの、服のことはよくわからないので、凜凜に任せてもいいですか？」

「まあ！　もちろんです。お任せください」

ちらりと視線を投げれば、凜凜の純白の尻尾が楽しそうに揺れていた。彼女たちの耳や尻尾は、私や白星にしか見えないらしい。人間でない存在が後宮で働いている事実は、皇帝や側近たちしか知らないのだそうだ。他の人が知ったらどう思うのだろう。きっとすごくびっくりするに違いない。

「凜凜。……過去の星妃様の時も、猫が女官になったんですか？」

ならば、明々をはじめとした女官たちの期待は的外れだったことになる。

一丸となって鱗昭儀を星妃にしようと頑張っていた女官たちの姿を思い浮かべていれば、凜凜はゆるゆるとかぶりを振った。

「まさか！　過去の星妃様はただの巫女。おつきも普通の人間だったそうですよ。なにせ、蘭花様以前の星妃は〝まやかし〟でございますから」

「〝まやかし〟――？」

思わせぶりな言葉に首を傾げた、その時だ。ばあん！と浴場の入り口が勢いよく開いた。カツカツと靴を鳴らして入ってきたのは、まぎれもなく白虎の白星だ。

「おはよう、蘭花。今日も会いに来たぞ……！」

「きゃ、きゃあああああっ……！」

慌てて体を隠せば、機転を利かせた凜凜が布を渡してくれた。急いで体に巻く。

「は、白星様！　浴場に来るのはやめてくださいとあれほど……！」

「……むっ！　そうは言われても」

抗議すると、白星はしゅんとした様子で眉尻を下げた。

「朝の仕事を終えたから、一刻も早くと思って……」

「……うっ」

神である白星の仕事は、私が想像する以上に多忙を極めていた。神力を国中に満たすために、毎日のようにあちこちの祭祀場を回って祈祷を行っている。七星宮は星妃と白虎の住まいではあるが、彼が宮殿にいる時間はそう長くなかった。遠くの祭祀場へ向かうため、何日も空けるなんて日常茶飯事だ。少し前までは、七星宮で白星の姿を見るのは非常に稀(まれ)だったらしい。

だのに、私が星妃になった途端、足しげく七星宮に通うようになった。時間を見つけては顔を見に来る。神である彼は人間の常識にあまりとらわれない質のようで、浴室に突入してくるなんてこともままあった。

「すまん」

「べ、別にいいんですが」

熱くなった頬を手で押さえる。確かに彼の行動は非常識だと思う。だけど、私は怒る気になれなかった。

だって、白星がこんなことをする理由は――。

「……よかった。嫌われたらどうしようかと」

彼の手が伸びてくる。お湯の中で揺蕩(たゆた)っていた私の髪を白星がすくい取った。大きな体をかがめると、私と視線を合わせたまま髪に口づける。

「一晩とてお前に会えないのはつらい。……蘭花、会いたかった」

彼が私を愛しているからだ。

「……ッ！」

耐えられなくなって、思わずお湯の中に潜った。

くぐもった水音が羞恥心をまぎらわせてくれるようだ。

ああ！　本当に困った。白星という人は心から私を愛してくれているらしい……。まるで乾ききった水瓶に、清水が満たされていくような感覚。今までが今までだっただけに、どうにも心と体が追いつかない。

──嬉しい。すっごく、すっごく。

だけど、こういう時どういう反応をすればいいのだろう。笑い返せばいい？　私も会いたかったですと言えばいいの？　わからない。誰かに愛された記憶なんて、ずいぶんと遠くなってしまっている。

「蘭花!?」

瞬間、大きな水音と共に、とんでもない質量のものが湯の中に飛び込んできた。

「ぷはっ……」

抱きかかえられ、強制的に浮上させられた。ぱちくりと目を瞬くと、目の前には真っ青になった白星の顔がある。

「だ、大丈夫か。溺れてしまったのかと──」

どうやら私の危機だと勘違いして、助けに来てくれたようだ。オロオロと動揺している白星に、思わず噴きだしそうになってしまった。

綺麗に整えられていた髪も、上質な布地で仕立てられた袍もずぶ濡れだ。つう、と白い肌を雫（しずく）が滑り落ちていく。乱れた髪に、後れ毛が肌に張りついているのが見えた。

なんだろう。いつもより余計に色気がだだもれているような気がするのは、私の気のせいだろうか……。

「大丈夫です。ちょっと動揺しただけで……」

神様なのに、白星はこんなにも私を大切にしてくれる。

胸が温かくなって、同時に切なくもなった。

「心配してくれてありがとうございます。白星様は本当に優しい。きっと前の星妃様も幸せだったんでしょうね……」

私の前に彼が娶(めと)った女性たち。後宮の中でも、品行方正で最も美しい女性が選ばれたという。

――こんなに素敵な人だもの。白星様に本気で恋した人もいただろうな……。

きゅう、と胸が苦しくなる。

――ああ。私ってば、一丁前に嫉妬なんてしてる。馬鹿みたい。

相手は神様なのに、欲深い自分が情けなくなった。

「なにを言っているんだ、蘭花」

思わず俯いていると、目もとに柔らかな唇が触れたのがわかる。ハッと顔を上げれば、白星の顔が間近にあって動揺してしまった。

「凜凜から聞かなかったのか？　今までの星妃は〝まやかし〟だと。俺は彼女たちには指一本触れていない」

「え……？」

「お前こそが俺の花嫁だ。〝真なる〟星妃はお前だけ。だからこそ最高の待遇をしているだろう？　俺の眷属総出で世話をしているし、望むものはなんでも用意してやりたいと思っている。なにかあったら凜凜に言え。神である俺が叶えられない望みはそうそうない」

柔らかく笑んだ白星は、私の耳もとに顔を寄せて囁いた。

「今も昔も――俺が愛しているのはお前だけだ。蘭花」

「……ッ、は、はい……」

彼の吐息が触れた部分がじん、と痺れた。

以前の星妃たちは、どうやら私とは扱いが違うらしい。

――〝真なる〟って、どういうことなんだろう。そもそも私が星妃に選ばれた理由もわからない。私がしたことといえば、白星の笛の音に合わせて踊ったくらいだ。

だけど……彼が私を選んでくれたのはまぎれもない事実で。

絶対に彼のそばに居続けたいと改めて思った。

「あの……」

そろそろと上目遣いで白星を見つめる。

愛情への応え方なんてわからなかった。だけど——ちゃんと伝えたい。

私は意を決すると、ありのままの気持ちを吐露した。

「あ、会いに来てくれて嬉しかった、です。わ、私も寂しかったので……」

星妃になったらずっとそばにいられると思っていた。だけど、思いのほか白星と過ごせる時間は短い。なにせ寝室すら別なのだ。

瞬間、勢いよく抱きしめられた。息が苦しくなるほどの抱擁に目を白黒させる。白星は喜色を顔いっぱいに浮かべて、グリグリと頬ずりしてきた。

「ああ！　俺の嫁がこんなにも可愛い……！」

「へっ⁉　かわ……⁉　あの、あの、あのぉ……⁉」

お湯の中で彼のたくましい腕に囲われている事実に頭がついていかない。

なにも言えずに固まっていれば、瞬間、コホンと咳払いが聞こえた。

「あらあら。白星様、そろそろ上がりませんと。蘭花様がのぼせてしまいますよ」

凛凛である。正気に戻った私は、自分が半裸であった事実をようやく思いだした。

「……ッ！　そ、そうね凛凛……」

羞恥に見舞われて、巻いていた布を手で押さえた。

「——あ」

同時に、額の痣が露わになっている事実に気がつく。

パッと頬を染めて手で額を隠す。俯いてしまった私に、白星は苦く笑んだ。

「なんだ、まだ痣を気にしていたのか」

「……だ、だって」

白星の言葉に胸が痛んだ。彼にとってはたいしたことではないのかもしれないが、痣を理由に長年蔑まれていた私からすれば大問題だ。

思わず目を伏せれば、白星が「大丈夫だ」と笑ったのがわかった。

「今日はいいものを用意してきた」

「……いいもの？」

首を傾げた私に、白星は「楽しみにしていろ」と悪戯っぽく目を細めた。

湯浴みを終えると、凜凜をはじめとした女官たちに囲まれ、あれやこれやと着替えをさせられた。

悩みに悩んだあげくに決まったのは、赤の襦裙だ。濃色の長裙に、透け感がある衫襦。裾には鮮やかな刺繍が施されていた。どれもこれもが最上級品で、肌触りがいい。ほう、とため息がもれそうなほど美しい品だ。

「支度は済んだか？」

続けて化粧を施されていると、私室の扉が勢いよく開いた。入ってきたのは着替えを済ませた白星だ。目を白黒させていれば、待ちきれないという様子で私のそばへやってくる。凛凛たちに目配せをして、私の前に椅子を置いて陣取った。

「い、一体なにを……？」

「いいから、大人しくしていろ」

夏空に似た色の瞳をキラキラ輝かせながら、白星は私の顎を手で固定した。自分の方を向かせて、おもむろに化粧筆を手にする。

「えっと……？」

「黙っていろ」

目を瞬けば、息がかかりそうなほど近くに白星の顔があるのがわかった。男性なのにびっくりするほどまつげが長い。それに唇の柔らかそうなこと！　こんな人が私の夫だなんて、いまだに信じられない。ああ！　なんだかいい匂いがする……。

ドキドキ、ドキドキと胸が高鳴って仕方がない。

真剣になにかを追う彼の瞳に見とれていると、「よし」と白星が腕を下ろした。

「見てみろ」

手鏡を渡される。そろそろと鏡の中を覗き込めば——。

「……ッ！」

そこに美しい花が咲き誇っているのを見つけた。

私の醜い痣を覆うように、額に文様が描かれている。紅で形作られた蘭の花だ。

「……あの、これは？」

胸の高鳴りを抑えきれずに訊ねれば、白星はニッと鋭い牙を見せて笑った。

「花鈿（かでん）という。傷痕を隠すために、どこぞの嬪が始めたらしい。お前の痣を隠すのにぴったりだと思ってな」

「私のために調べてくれたんですか？」

「ああ。お前は額の形が綺麗だから、隠してしまうのはもったいない」

──額の形？

じわじわと頬が熱くなってきた。蔑まれはしても、褒められたのは初めてだ。

白星は柔らかく目を細め、私の頬にそっと触れて──囁いた。

「本当は痣を隠す必要はないと思っている。だが、お前が快適に過ごすためならば仕方あるまい。……うん。よく似合っているぞ。今日も抜群（ばつぐん）に美しい」

あまりにも甘い声に目の前がチカチカした。

「あ、ありがとうございます……」

赤面しつつ、ふたたび鏡を覗き込んだ。蘭の花模様で痣が目立たなくなっている。

それだけではない。鮮やかな紅色が額に乗ったことで、日焼けした肌の色がさほど気にならない気がする。

「……本当に綺麗」

　ぽつりと呟いた瞬間、つう、と涙が流れていった。

「蘭花？」

「あ、ごめ……ごめんなさい。嬉しくて」

　感情が胸の奥底からあふれだしてきて止められない。醜い、お前は傷物だと蔑まれてきた日々が嘘みたいだ。花鈿があれば、私は額を隠して過ごさなくともいい。自信を持って前を向いていられる。

「ありがとうございます。白星様」

　一気に視界が開けた気がした。

　泣き笑いを浮かべ、重ねてお礼を口にすれば、白星が肩を竦める。

「馬鹿だな。せっかく化粧をしたのに、泣いたら台無しだろう」

　しかしすぐに笑い顔になると、茶目っけたっぷりに言った。

「だが――化粧は直せばいい。泣くのも時に肝要だ。なによりさっぱりする」

「そ、そうですね。フフ、フフフ……」

　犬歯を見せて豪快に笑う神様に、私はつられて笑いだしてしまった。まるで胸の中に春が来たみたいだ。

　白星は本当に神様なのだなあと思う。不思議な力で、泥でまみれた私の世界を、自在に色鮮やかに変えてくれる。

「じゃあ、化粧を直したら共に朝餉をとろう。いいか？」

「——はい。喜んで」

「長椅子を用意させるから隣に座ってくれ。向かい合わせは顔を見れて嬉しいが、距離があって落ち着かない」

「わかりました」

「本当は膝に乗せたいくらいなんだが……」

ソワソワした様子で私に視線を送ってくる。

「だ、駄目です。さすがに恥ずかしいじゃないですか……」

真っ赤になって拒否すれば、白星はしゅんと肩を落とした。

「……どうしても駄目か？」

「念押ししても駄目です」

断固拒否。白星はがっくりとうなだれてしまった。その姿があまりにも可愛らしくて噴きだしそうになる。

「なんだか、叱られたわんちゃんみたいですね？」

思わずこぼせば、白星があんぐりと口を開けた。

「お、俺は白虎だぞ！　犬と一緒にするな！」

「ごめんなさい。似ていたから……つい。拗ねた猫の方がよかったですか？」

「ウッ。それもどうなんだ……」

「冗談ですよ。冗談。フフ。フフフ……」

竹林で会っていた時からそうだったが、白星は隙あらば触れてくる癖があった。性的な印象はあまり受けない。むしろ仔猫が甘えて体をすり寄せてくるような仕草だ。

私の言葉に目を逸らした白星は、ツンと唇を尖らせた。

「お前の体温は安心するんだ。……悪いか」

──仔猫の方がいいかもしれない……。

たまらず噴きだしてクスクス笑っていると、白星はじとりと私を睨みつけた。

「あまり俺をからかうな。強制的に膝に乗せるぞ」

「そ、それは勘弁してください」

「ワハハハハ！　どうしようかな。俺を犬扱いしたからなあ……」

白星と過ごすひとときは本当に穏やかで笑いにあふれている。彼と話していると自然と笑顔になれた。彼との時間は、まるで雨上がりの空のように光に満ちている。

「さあ、お話はここまでですよ。蘭花様、お支度をしましょう」

凛凛たちが化粧直しをしようと近づいてきた。白星は窓際の椅子に移動し、化粧を施される私の様子を楽しげに眺めている。

「ああ、そうだ。蘭花、ここの庭はいささか殺風景だと思わないか？」

するると、白星が突然こんなことを言いだした。

「見てみろ。荒れてはいないが華がない」

「……？　そうですね」

格子窓越しに外を見遣れば、確かに殺風景だった。他の妃嬪の庭は季節ごとに花が植え替えられ、それぞれが贅を尽くした造りをしている。それもすべて、皇帝が宮殿を訪れた際にもてなすためだ。どこの妃嬪も庭造りには情熱を傾けている。だのに七星宮は建物の豪華さと比べて庭に色がない。手入れはされている様子だが……。

「どうしてですか？　前星妃が気にしない方だったのでしょうか」

私の疑問に白星は楽しげに目を細めた。

「いいや？　前星妃は凝り性でな。一年中、庭に手を入れていた。これは俺のせいだ。代々の星妃が死んだ後は庭をもとに戻すことにしている」

「どうしてそんなことを……」

「――庭はそこに住む者の心を表すだろう？　相手を知りたいと思うならば、庭を見るのが一番手っ取り早い」

「……そういうものですか？」

白星にはなにか庭に思い入れがあるらしい。

考えてみると、好みの色や花の種類で相手の人となりがわかる気もする。なるほどと納得していれば、白星は続けて言った。

「蘭花、落ち着いたら庭師を呼べ。お前も好きなように庭をいじればいい」

自分の色に庭を染め上げるんだ、と白星は語った。

「庭だけでなく、この宮殿は思うようにしてくれ。――なあ、お前の生まれた村では正妻が〝家〟を取り仕切るものなんだろう？」

「は、はい」

「なら――〝家〟のことはお前に任せる。まあ、ここは宮殿だけどな」

パッと頬が熱くなった。脳裏に故郷での出来事が蘇る。

あの頃の私の希望は、正妻となり自分で家を仕切ることだった。それしか報われる道はないと思い詰めていた。女主としてみんなに慕われる姿に憧れていた。その気持ちだけが、踏みつけにされているような日々の中で、自分を奮い立たせてくれたのだ。

――もう叶わない夢だと思っていたのに。この人は私にどれだけの多くのものを与えてくれるのだろう……。

「白星様は、私を甘やかしすぎですね」

笑みを浮かべると、ふたたびぽろりと涙がこぼれた。

白星は眩しそうに私を見つめている。

「なんだこの程度のこと。まだまだこれからだぞ。勘弁してくれと泣いても許さないからな。俺の腕の中にいる限りは甘やかし尽くしてやる」

覚悟しておけと笑う白星に、「はい」と大きく頷く。

夏日に晒された庭は青々としていて、命の息吹にあふれている。そこを自分の好きなように変えられるなんて、素敵だなあと頬が緩む。

「立派な女主になれるように頑張ります。まずはお庭ですね」

「楽しみにしている」

「はい」

ここでの暮らしはなにもかもが初めてづくしだ。不安がないわけでなかった。だけど、今は未来への期待感が強い。こんな心持ちでいられるのは生まれて初めてだ。

「……まるで夢の中みたい」

呟いた私の言葉に、白星は「まぎれもなく現実だぞ」と大笑いしたのだった。

＊

星妃の仕事は多岐にわたる。大きな祭祀が行われれば、皇帝と共に采配を振るう。特別な行事がなくとも、星妃の仕事は尽きない。

妃嬪たちはなにをするにも卦を気にした。宮殿の改装や引っ越しをする日取り、新しく衣を仕立てるのに最適な日。そうした細々とした日取りを決めるのも星妃の仕事だ。誰かが死んだり動物の遺骸が見つかった際に場を清めたりもする。死を悼み、死後の幸福を願うのも星妃の仕事なのだそうだ。

私の想像以上に、星妃という存在は後宮の人々の生活に密着している。後宮には一万人以上もの女官と主たる妃嬪がいるから、星妃の仕事は膨大だ。白星や凜凜たちの手を借りながら、ひとつひとつ着々とこなしていく。

しかし、ひとつだけどうしようもないことがあった。〝文字〟だ。

私は文字が書けなかった。裕福な家であれば女子にも教育を施したりするのだが、妹親子の無駄遣いで家計が逼迫していたわが家にそんな余裕はない。故郷にいた頃、私に与えられた〝役目〟は、誰かのもとへ嫁ぎ、家を守りながら血を繋いでいくことだった。文字は私の生活に必要なかったのである。

一方、良家の子女が多い女官には文字を書ける者も多い。なにかと仕事の役にも立つだろうと、明々たちに少しずつ教わっていたものの、身につく前に〝掃きだめ〟にされ中途半端なままだったのだ。

星妃はその日した仕事を〝日書〟に書き記す必要がある。なにを占ったのか、なにを行ったのかを子細に遺しておき、次代の星妃に情報を繋ぐのだ。しばらくは凜凜に代筆してもらっていたものの、いつまでもそうするわけにもいかない。正直、困り果てていた。でも、そんな私に手を差し伸べてくれた人がいる。

その日、私は皇帝の住まいにほど近い流星宮(りゅうせいきゅう)にいた。後宮を見下ろす高台に建つ宮殿の主は、妃嬪たちの頂点に君臨するただひとりの女性だ。

――そう。私の教育を買ってでてくれたのは皇后である玉瑛だった。

「まあ！　とても上手にできたわね……！」

「あ、ありがとう……ございます」

枝葉を伸ばした大樹の下に卓を設え、心地よい木漏(も)れ日を浴びながら文字の練習に精をだす。たどたどしい筆致の私は線を引くだけでも苦労する。もともとそれほど器用な質でもなかったせいもあり、まともに書けるまでかなりの時間を要した。だけど、なかなか上達しない私に玉瑛は根気よく付き合ってくれ――ようやく、どうにか人に見せられるまでになったのである。

「……よし」

本日ぶんの練習を終えた私は、まじまじと自分の文字を眺めてニコリと笑った。

まだまだ上手だとは言いがたいが、最初のミミズがのたくったような字からすると劇的な進化だ。

——私が字を書けるようになるなんて。

以前では考えられなかったことだ。自分が筆と硯を前にしている状況が信じられない。文字をひとつ覚えるたびに生まれ変わったような気分になれた。故郷にいた頃じゃ絶対にできない経験をしている。胸がドキドキ、ドキドキ高鳴って仕方がない。

それに——。

ちら、と皇后である玉瑛の様子を窺った。彼女は私の書いた文字をまじまじと見つめていたかと思うと、ふっくらした顔に輝かんばかりの笑顔をたたえる。

「こんなに上達が早いなんて！　わたくしもびっくりよ。七星宮に戻ってからも毎日練習を欠かさないのでしょう？　蘭花様は本当に勉強熱心ねえ」

トン、と文字の一部を指差す。

「ここの〝はらい〟。まるで清水が流れゆくようで見とれてしまうわ。夏にぴったりの涼やかさ。柔らかい線は蘭花様の心を表しているようね」

「……！　あ、あの」

動揺している私をよそに、玉瑛はつらつらと私の文字を絶賛している。褒め言葉を重ねられるたびに私は身を縮ませた。照れくさい。耳が熱くてジンジンする。きっと私の顔は、夕焼け空よりも真っ赤になっているに違いない。

「お世辞でも嬉しいです。で、でも、あまり褒めないでください……」

　恥ずかしさのあまり頭から湯気がでてきそうだ。くすぐったくて仕方がなくて、俯いて必死に耐える。反面、私の頭の中はお祭り騒ぎだ。褒められた！努力を認めてもらえた！と、踊りだしたいくらいにはしゃいでいる。

　──嬉しい。嬉しいけど恥ずかしい。うう、ううぅっ！

　真っ赤になって縮こまってしまった私を、玉瑛は穏やかな瞳で見つめていた。

「──ふふっ！　お世辞なんかじゃないわ。事実だから仕方がないじゃない！」

　女官が沸かした茶を、玉瑛は手ずから茶杯に注ぎながらクスクス笑う。

「すべては蘭花様の努力の賜物です。頑張りましたね」

「……！」

　さりげないひと言が、じん、と胸に沁みた。ああ、涙がこぼれそう……。

「玉瑛様は本当に褒め上手ですね……」

「そうかしら？　ああでも、誰かを叱るより褒めた方が楽しいのは確かね」

　笑顔の玉瑛が私の前に茶杯を置いた。ふわりと芳しい香りが立ち上っている。

「さあ、冷めないうちに」

　言われたとおりに口をつける。途端、夏の森を思わせる青々しい香りが鼻孔を突き抜けていった。「美味しい」とこぼせば、玉瑛の笑みが深まる。

「お客様にそう言ってもらえると、もてなす甲斐があって嬉しいわ」

そう言いながらも女官へ細やかな指示をだしている。後宮において茶会は重要な意味を持つ。玉瑛は私に主催者としての手本を見せてくれているのだ。

村育ちの私には喫茶の習慣がなかった。多種多様な茶器は私にとって未知の道具だ。しかし、文字と同様に星妃には必要な知識である。玉瑛がいなければ、なにもわからないまま途方に暮れていただろう。

「玉瑛様には、本当に感謝しかありません」

しみじみと呟けば、玉瑛が柔らかく笑んだ。

「かしこまる必要はないわ。人生は学びの連続よ。わたくしだって知らないことも多いもの……そうだ！」

パン！と手を打った玉瑛は、ニコニコと上機嫌に言った。

「近頃、新しい茶の様式が流行り始めているの。泡茶(あわちゃ)っていってね、茶筅(ちゃせん)でお茶をぶくぶく泡立てて飲むんですって」

「ぶくぶく」

「そう！　真っ白な泡よ。飲んだ後、口の周りにおひげみたいな泡がつくそうなの。今度先生をお招きするから一緒に教えを請いましょう。きっと楽しいわ……！」

――おひげ……。

自分と玉瑛の口の周りが真っ白になる想像をしてみた。どんなひげだろう。歴戦の英雄のようなかっこいいやつだろうか。それとも仙人みたいな、なが〜いおひげ？

笑いがこみ上げてくる。「プッ！」と噴きだしてしまった。

「フ、フフフ……。面白そうですね。ぜひ」

「嬉しい！　さすがのわたくしも、ひとりでひげを生やす勇気がなかったのよ」

「やだ。勇気って……」

玉瑛の言葉に、ついに笑いが止まらなくなってしまった。肩を揺らしてお腹を抱えていれば、玉瑛は心から嬉しそうに目を細めた。

「可愛い笑顔」

思わず息を呑んだ。玉瑛は穏やかな笑みをたたえている。

「あなたとこういうふうに話せる日が来て本当によかった」

「……！」

笑いを引っ込めて、驚きで満ちた瞳で玉瑛を見つめた。

「後宮は皇帝の正妻たるわたくしの管轄。あなたがひどい目に遭ったのもわたくしの責任だわ。許してほしいとは言わない。だけど、これからあなたのためにいろいろさせてちょうだいね」

「そ、そんな。お気遣いだけで充分です」

もったいない言葉に恐縮すると、「そんなこと言わないで」と、玉瑛は二煎目を茶杯に注ぎながら言った。

「わたくしがそうしたいの。だって、この国においてわたくしと同等の地位にいる女性はあなただけなのよ。ねえ、それってすごいわよね！」

「どういう意味ですか……？」

「考えてごらんなさい。わたくしたちは寵を競う必要も、互いに蹴落とし合ったり、憎み合う必要もないのよ。相手がだしたお茶を、なんの疑いもなく口にできるんだもの！　それってとても幸せだわ……」

　こくりと唾を飲んだ。皇后として数多の妃嬪たちを相手取ってきた人の言葉だ。いやに重みがある。

「先代の星妃はおばあちゃんだったから……わたくし、実は楽しみにしていたのよ」

　クスクスと口もとを隠して笑う。

「ねえ、わたくしたち……いいお友達になれると思わない？」

　玉瑛は私よりも五つほど年齢が上だ。すでに子をふたり成している彼女からは、どこか大人びた雰囲気を感じる。ふくよかな体を持ち、いつだって太陽みたいな温かな空気を醸している現皇后は優れた人柄であるともっぱらの評判だった。女官の間で〝慈皇后（じこうごう）〟と呼ばれているくらいだ。

　そんな玉瑛に惚（ほ）れ込んだ現皇帝は、周囲に咎められながらも彼女の宮殿へ毎日通い詰めたらしい。子ができたと知った時は感動のあまり落涙したと聞いている。

それほど魅力にあふれた人と私が友人に？　信じられない気持ちでいっぱいだ。

それに——私に友人ができるなんて……！

故郷にいた頃は誰かと親しくしている場合ではなかった。後宮へ来てから初めて友人らしき相手はできたものの……あんなことになってしまった。

——明々……。

星妃選抜の儀で驚愕（きょうがく）に満ちた顔をしていた彼女の姿を思いだして胸が痛む。

私は大きく息を吸うと、急（せ）かすでもなく答えを待ってくれている玉瑛へ笑いかけた。

「はい。私もそう思います。よかったらこれからも仲よくしてください」

「もちろんよ！」

太陽みたいに笑った玉瑛に胸が温かくなった。

白星に選ばれ星妃になった瞬間から、私の世界が鮮やかに色づき始めた。周囲にいるのは心優しい人ばかり。気持ちがふわふわして雲の上でも歩いているみたいだ。

夢じゃない、現実だと白星は言っていたけれど……これが本当のことだなんていまだに信じられない。やっぱり夢なんじゃないだろうか。だったら、ずっと醒（さ）めないでほしい。そのためにならなんだってする。

「そうだ。美味しいお菓子を用意したのよ。最近のお気に入りなの。いかが？」

「本当ですか！　食べてみたいです……！」

夢心地のまま、玉瑛と午後のひとときを過ごす。ふたりで楽しく会話していると、ひとりの宦官が近づいてきた。恭しく拱手した宦官は、とある人物の名を告げる。

「娘娘。鱗昭儀がおいでです」

穏やかな時間を引き裂くように告げられた名前に、さあと血の気が引いていく。

すっかり忘れていた。自分を虐げていた人々が、泡のように溶けて消えたわけではないのだ。

玉瑛は不愉快そうに眉をひそめ、扇の陰から宦官を睨みつけた。

「わたくし、あの方を招待したつもりはないけれど？」

「上等な反物が手に入ったとかで、ぜひ献上したいと……」

はあ、と玉瑛がため息をこぼす。

「ご機嫌うかがいのつもり？　わたくしをダシにする気なのね。……意地の悪い」

顔色をなくしている私に目を向けた玉瑛は、そっとそばに寄り添った。

「大丈夫？」

「は、はい」

体が小刻みに震えている。頭がクラクラした。一気に夢から醒めた気分だ。

「心配しないで。わたくしがついていますよ」

玉瑛の温もりがそばになければ、どこかへ逃げだしたいくらいだった。

＊

「星妃様、就任おめでとうございます。そして数々の非礼を詫びさせてください」

流星宮の来客用の部屋へ通された鱗昭儀は、用意された椅子には目もくれず、挨拶も早々に最敬礼の拱手をした。玉瑛と共に長椅子に腰かけている私に、淡々と〝掃きだめ〟だのというひどい扱いをした〝言い訳〟を述べる。

「ちょっとした仕置きで、女官に普段させない仕事を任せることはありました。ほとんどは本人が反省したら終わりです。ですが……どうにも行き違いがあったようで」

白々しく、女官が勝手に重い罰を課したのだとのたまう。鱗昭儀は私が腐った柑橘をぶつけられていたのを目にしていたはずだ。日々、重労働をしていたことも知らないわけがない。すべては鱗昭儀の指示に女官たちが従った結果だ。楊氏だって同じ目に遭っていたはずだった。なのに、自分は知らないとすっとぼけている。

「……ッ！」

怒りでどうにかなりそうだった。拳が白くなるほど握り込む。唾をまき散らして言及してやりたい。お前がすべての元凶だと罵りたい。

するると、私の手に玉瑛がそっと触れた。

「……今はその時ではありません」

鱗昭儀の命令で〝掃きだめ〟なる行為が始まったのは確かだ。だけど、具体的な仕置きの内容まで彼女の指示であったのか証明できない。問い詰めても言い逃れはいくらでもできる状況だ。だから耐えろという。

「でもっ！　でも……」

涙を浮かべてかぶりを振れば、玉瑛は囁くような声で言った。

「悪徳を積んだ者にはいずれ報いが訪れます。だから今は……」

「……はい」

優しく諭され、頷くしかなかった。

拱手を解いた鱗昭儀は悪びれた様子もなく、泰然と私を見つめている。

「ありがとうございます。星妃様、皇后様。お詫びといってはなんですが、反物を用意いたしましたので受け取ってくださると幸いです」

鱗昭儀の言葉と同時に、女官がいくつかの反物を持ってきた。恭しく差しだされたのは絹だ。眩いほどの光沢があり、最上級であるとひと目でわかった。だけど――。

――こんなに嬉しくない贈り物って他にあるだろうか。

どうやら玉瑛も同じ考えだったようだ。わずかに眉をひそめて言った。

「ありがとう。反物に罪はないものね。受け取らせていただくわ。……それにしても、星妃〝当確〟だなんて言われていたけれど、残念だったわね？　いろいろと準備をしていたのでしょう？　悪目立ちしていたわね。わざわざ女官の衣装をそろえたりして。そういえば蘭花様だけ当日の衣装が違ったわね。資金が足りなかったのかしら。言ってくだされればわたくしが用立てましたのに」

「――フフフ。うちの台所事情にもいろいろとありまして」

鱗昭儀が物憂げに瞼を伏せた。ふう、と色っぽく吐息をもらす。誰よりも美しい彼女がその仕草をすると、周囲の景色まで霞んで見えるから不思議だ。

「私も己の美しさを過信しすぎたのかもしれません。誰もが私こそが星妃にふさわしいと言うものですから、その気になってしまって」

「自分を客観的に見られないとつらいわね？　他人の言葉に惑わされては駄目。自己をしっかり保たないからこういうことになるのですよ」

「そうですね。肝に銘じておきます……」

「ホホホホ。そうしてくださる？　わたくしの手間も省けますから」

――バチバチバチッ！

ふたりの間に火花が散っている気がするのは私だけだろうか……。

ヒヤヒヤしながら見守っていれば、ちらりと鱗昭儀が私を見た。ぴくん、と身を竦めた私に目を細める。

「私も周囲の言葉に踊らされずに、情報収集に努めるべきだったと後悔しております。白虎様の好みを把握していたら……もっと田舎風の衣装にしましたのにね」

瞬間、玉瑛のこめかみに青筋が立った。

「──まあ。口が悪いわね。そのねじ曲がった根性はどこで身につけたのかしら」

ああ！　玉瑛の目つきが怖い……！

自分を揶揄(やゆ)された事実よりも、隣の皇后の気配が恐ろしかった。ギュッと玉瑛の袖を握る。女の戦いに戦々恐々としていれば、口端を吊り上げた鱗昭儀が続けた。

「まあ……私はまだ星妃を諦めておりません。お気遣いなく」

「どういうこと？」

眉をひそめた玉瑛に、扇を取りだした鱗昭儀は口もとを隠した。

「月花祭が執り行われるまで、蘭花様が仮の星妃であることはご存じでしょう？　過去にも、選ばれた星妃が祭りの前までに任を解かれた例はございます。その場合は代わりの星妃をすぐに後宮の中から選んだと聞いております。そういう機会が来ないとも限りません。星妃の役目を担う日に備え、鍛錬(たんれん)を続けるのみです」

ゾッとして息を呑んだ。鱗昭儀の発言は、私を引きずり下ろすと宣言しているも同義だ。背中を冷たいものが伝う。

切れ長の瞳を三日月形に歪め、鱗昭儀はどこか楽しげに続けた。

「ふさわしくない人物が星妃であった時代、飢饉や荒天に見舞われ、国が荒れたこともございました。凄惨な歴史を繰り返すわけには参りません。月花祭までまだ間がございます。ご自身の行いを振り返ってみては？　星妃には誰よりも清らかで、誰よりも美しく、仁に篤い人物がなるべきでしょう。特に、此度は白虎様がこの地に下り立ってから千年の節目の祭り。潔く身を引くべきでは？」

「だっ……！」

仁に篤いだなんて、誰の口がそれを言うのか！

「あ、あなたがなんと言おうと星妃は私です！」

怒鳴りたくなる気持ちを必死に抑え、ようやく反論した。

白星が大勢の中から選び取ったのは他でもない私だ。鱗昭儀では絶対にありえない。

ありえない――はずだ。

――でも、私が彼女より勝るものがなにかひとつでもあるだろうか？

苦しくなって顔をしかめる。実情はともかくとして鱗昭儀は人望が厚い。誰よりも美しく、教養があり、家柄もしっかりしていて――……それに比べて私は？

――やめよう。考えても仕方がない。

私の葛藤を理解しているのか、鱗昭儀は涼しい顔で話を続けた。

「あなたが星妃に足る資格を持っているのか。判断するのは私でも、もちろんあなたでもありません。白虎様……引いては星妃の人柄をよく知る者たちですよ。星妃様、ゆめゆめご自身の立場を忘れませんよう。みながあなたの行いを見ています。星妃の座から引きずり下ろされませんよう……お気をつけくださいませ」

「…………」

グッと奥歯を噛みしめ、床に視線を落とす。

鱗昭儀はいまだに星妃の座を諦めていないらしい。なんて執念だろう。星妃になった時のためにと踊りの稽古を続けていた人だ。簡単に諦められないのかもしれない。

やっと手に入れた温かな場所を鱗昭儀が狙っている。

――また、私の居場所が奪われてしまうのだろうか。

眩暈がして瞳を固く瞑った。不安が募って泣きたくなる。光が届かない暗い闇の向こうで誰かが刃を研ぐ音がする。隙あらば、私の息の根を止めようと舌なめずりしているのだ。

――もう、嫌だ。

心が軋んで潰れてしまいそうだ。すべてから逃げだしたい思いでいると、

「わたくしは〝真なる〟星妃の就任を喜ばしく思います」

凛とした声が辺りに響いた。

ハッとして顔を上げれば、鱗昭儀を玉瑛がまっすぐ見据えているのがわかる。

「心配なさらずとも、蘭花様にはわたくしがついています。確かにみなに星妃に足る人物だと認められるのは大変でしょう。ですが、一歩一歩確実に歩みを進めていけばいいのです。人は成長するものですよ。そうでしょう?」

私の手を優しく握り、慈愛に満ちた眼差しを向ける。

「慣れない環境で、蘭花様が日々努力を重ねている事実をわたくしは知っています。大丈夫、文字を習得したのと同じように、着実にやっていきましょう」

温かな言葉に視界が滲む。私の世界に一筋の光が差し込んできたようだ。洟(はな)を啜(すす)って涙を拭った。

そうだ、鱗昭儀の言葉に惑わされている場合ではない。

「……私、頑張ります。これからもずっと白星様の隣にいられるように」

「ええ！　わたくしがついています。二組の夫婦で珀牙国を支えて参りましょう」

互いに微笑み合う。私には玉瑛という強い味方ができた。誰も手を差し伸べてくれなかった女官時代とは違うのだ。

「…………」

仲睦(なかむつ)まじげに視線を交わす私たちを、鱗昭儀は苦々しい顔で見つめていた。

流星宮からの帰り道。輿に乗り込もうとすると、宦官に玉瑛からの文を渡された。

「なんだろう……？」

不思議に思って中を開くと、そこには背筋が凍りそうな内容が書いてあった。

『後宮の中では現星妃への不満が渦巻いているようです。不満を口にしているのは、主に鱗昭儀こそが星妃だと望んでいた者たち。それと、自分こそが星妃になるはずだったと思い込んでいる者たちです。〝後宮で男漁りをするような人間に星妃はふさわしくない〟と流言が広まっています。嫉妬の炎に駆られた人間はどういう行動にでるかわかりません。わたくしも最大限の注意を払うつもりですが、絶対にひとりになったりしないように』

息を呑んだ。目を逸らしたい気持ちをグッとこらえて続きを読む。

『なにかあればすぐに側つきの女官か白虎様に頼りなさい。もちろん、わたくしにもよ。あなたはひとりではありません。それを忘れないでいて。玉瑛』

「男漁り……か」

おそらく噂の出所は鱗昭儀の取り巻きだろう。事実無根だが、私を知らない人からすれば真実のように聞こえるに違いない。すべては軽率な行動が招いた結果だ。

『あなたが星妃に足る資格を持っているのか。判断するのは私でも、もちろんあなたでもありません』

鱗昭儀の言葉がまざまざと蘇ってきた。

今の私に必要なのは、誰もが星妃だと認めたくなるような実績だ。

「でも……どうすれば」

手がかりすら思い浮かばずに途方に暮れる。その間も、輿は七星宮を目指してゆっくりと進んでいた。日よけの簾の間から燃えるような夕焼けが差し込んできている。

世界は徐々に宵の口へ近づいていた。

「きゃっ……！」

輿がなんの前触れもなく止まった。大きく揺れたせいで体勢を崩してしまう。

「ど、どうしたの？」

思わず訊ねれば、輿の横を歩いていた凜凜が私からなにかを隠すように移動した。

「――いえ。星妃様を煩わせるほどでは……」

怪訝に思い、凜凜の背後を覗き込む。

瞬間、あまりにも凄惨な場面を目にして顔を背けた。

七星宮の入り口近くに、血まみれの猫が数匹倒れている。真っ赤な夕陽に照らされて、血だまりが黒々と存在を主張していた。壁には猫の血で殴り書きがされている。

『杜蘭花は星妃にふさわしくない。男好きのアバズレは後宮を去れ』

「……ひどい」

元来、猫は白虎の眷属とされ、珀牙国では聖なる獣とされていた。それを傷つけるだなんて、犯人の恨みの強さを思い知る。

――そういえば。

「ねぇ、あの子たち……」

心配になって凜凜に声をかけた。凜凜は猫の化身だ。

「大丈夫です。うちの宮殿に勤めている猫ではありません。ありませんが……」

凜凜の顔に影が落ちた。悲しみをこらえるように強く拳を握りしめる。

「顔見知りでした。なんてことを……」

震えている凜凜に、私はグッと顔を上げた。輿から降りて猫の遺骸に近づく。

「星妃様、なにを……？」

困惑している凜凜に、私は眉尻を下げた。

「死んだ動物を弔ってあげるのも私の仕事ですから」

「……ッ！」

凜凜が泣きそうな顔になった。耳をぺたりと伏せて「お願いします」と拱手する。

私は大きく頷き、猫たちの魂のために祈りを捧げ始めたのだった。

＊

誰もが認めるような星妃に――。

猫が惨殺された事件の後、方法を探して思索に耽った。みなに慕われていたというかつての星妃の話や、偉人の話を玉瑛から聞いてみたりもした。だが、いい案は浮かばない。

なにもできないまま手をこまねいていると、七星宮の周りが泥で汚される事件が起きた。犯人捜しをしたものの誰の仕業かわからずじまい。再発防止のため、凜凜を通じて後宮中の猫に七星宮で過ごすように伝える。宮殿の周りに見張りも増やしておいた。そのおかげか、今のところ事件が起きる様子はない。

――星妃にふさわしいと認めてもらう方法なんて、本当にあるのだろうか。

考えれば考えるほど深みにはまっていくようだ。私にできることといえば踊りくらい。だけど、いつだって私と共に踊ってくれた虎の牙飾りはもうない。楊氏に盗まれて以来そのままだ。母との思い出がこもった品だった。あれがないとうまく踊れる気がしない。

「踊れもしない私になんの価値があるの……」

乾いた風が心を撫でていった。夏だというのに虚しさに凍えてしまいそうだ。

そのうち、卦の結果を伝えるために妃嬪の宮殿に訪れても、女官たちの視線が冷ややかなのに気がつく。「男漁り」だの「ふさわしくない」だのと聞きたくもない言葉が耳に飛び込んできた。鱗昭儀の周囲が流している噂が着々と広まっているのだ。さらにはこんなことを口にする女官まで現れた。

「あんな人を星妃に据えるだなんて。神はすべてを見通せるそうだけれど……神通力が弱っていらっしゃるのかしら。この国も長くないかもしれないわね」

私のせいで白星への信仰が揺らいでいる。

一刻も早くなんとかしなければ。ますます焦りが募る。

私の周囲に巻き起こった事件について、白星には内緒にしておいた。神の力は強大だ。白星の怒りを買った犯人の末路を考えると容易に口にできなかった。

好きな人に隠し事をする。誰かに愛されるのと同様に、私にとってあまり経験がないことだった。自然と白星といる時に言動がぎこちなくなる。当然といえば当然だが、そんな私の態度を白星は不自然に感じたようだ。

「……なにかあったらすぐに言えと伝えたつもりだが」

ある日、朝食を共にしていた白星が不満げに唇を尖らせた。ドキンと心臓が跳ねる。なにも言えずに俯けば、彼が嘆息したのがわかった。

――失望された？

くらりと眩暈がする。途端に恐怖に見舞われて汗が滲んだ。

「理由があって話さないのだろう?」

ハッとして顔を上げた。透き通った碧眼に射すくめられている。思わず背筋がピンと伸びるような——真剣な眼差し。

私はゆっくり息を吸うと「はい」と硬い声で答えた。

もしかしたら、神である白星にはすべてお見通しなのかもしれない。私の悩みもなにもかも——だけど、私の意思を尊重して手をださないでいてくれているのだ。

それもこれも、白星が私という存在を大切に想っているから。

いつか、彼にこう言ったことがある。

『私は、私を選んでくれた人に真摯でありたい。その人のそばにいるための努力をします。ひとりは嫌ですから。寂しすぎると死んじゃいそうになるんです』

まぎれもない本心だった。私はこれからも彼の隣にいたい。

——そのためには星妃であり続けなければ。

だから、言葉どおりに努力をしようと思う。私は鱗昭儀よりも優れている点が少ない。努力を重ねて、自分の足でしっかと大地を踏みしめるようになろう。

白星に頼りきりでは、いつまで経っても胸を張って彼のそばに立てない!

「もう少し、ひとりであがいてみたいんです。駄目……でしょうか」

小声で答えた私に、白星はふたたび嘆息をこぼした。

「お前は本当に……」

手を伸ばし、私の頬に触れる。

「……わかった。今は静観するとしよう。だが……少しくらいはなにかさせてくれないか。そばにいさせてくれるだけでもいいんだ。行き詰まった時に感じる誰かの〝温度〟は、知らず知らずのうちに心を救ってくれるからな」

いやに含蓄のある言葉だった。私はわずかに考え込むと、

「あの。じゃあ……白星様の笛の音が聴きたいです」

彼に演奏をねだった。

「久しぶりに踊るか？」

白星の申し出にかぶりを振った。今は母からもらった飾りが手もとにない。

「いいえ。耳で音を楽しみたい気分なんです」

「……そうか」

まさか断ると思わなかったのだろう。彼の表情が曇った。

白星は凜凜に支度をさせると、私と共に夏日に輝く庭にでた。

――ひゅるり。

白星が横笛に口をつけた。

涼やかな音が、やや色味が少ない庭の中を通り抜けていく。

そっと目を閉じる。しみじみと心に沁みる音だ。悩みすぎて疲れきっていた私を優しく包み込んでくれる。頑張れ、頑張れと白星が応援してくれているのがわかった。

これ以上、白星に心配をかけないためにも早急に手を打たねばならない。

――でも、どうすればいいのかな……。

白星の演奏を聴きながら、私はふたたび思索に耽った。


それからも五里霧中な状況は続いたが、私が求めてやまない答えは思いも寄らぬ場所でもたらされた。

後宮内の外れ。誰かの目に留まるのを厭うように、木立の間にひっそり佇む建物――不治の病人や罪人が収容される浣衣局だ。


建物の中に入った途端、私はたまらず顔をしかめた。

古ぼけた建物はろくに掃除もされておらず、天井から蜘蛛の巣が垂れ下がっている。木製の廊下は歩くたびに軋んだ音をあげた。黴の臭いが立ち込める長い廊下に並ぶ部屋の中からは、呻き声やすすり泣く声が絶え間なく響き、逃亡を防ぐため女性の兵士……娘子兵が睨みを利かせている。

建物内にいるだけで息が詰まりそうだ。私と共に浣衣局を訪れた凜凜の尻尾がぶわっと膨らんでいる。本性が猫の彼女からしても不愉快極まりない場所らしい。

「こちらです」

案内してくれた女官が、ある部屋の前で立ち止まった。凜凜と目を合わせて頷く。意を決すると、扉に手をかけた。

浣衣局へは仕事でやってきた。死人がでたからだ。

死者を弔うのは星妃の大切な役目のひとつだ。死者の魂が、安らかに次の生へ向かえるように祈りを捧げなければならない。

部屋の中に入るとすでに香が焚かれていた。寝台の前には簡単な祭壇が作られ、白飯などの捧げ物が置かれている。死人は、頭からすっぽりと布をかけられ物言わぬまま横たわっていた。

凜凜が死人へ近づく。本人確認のためだ。そっと体の上にかけられた布をどける。露わになった姿を目にして、私は息が詰まるような思いだった。

「楊氏……」

ぽつりと呟いて固く目を瞑る。楊氏は〝掃きだめ〟として扱われた日々で体調を崩していたらしい。〝掃きだめ〟から抜けだした後、一時は回復したように見えていたが、私が星妃に選ばれた後にふたたび体調を崩して浣衣局に収容されたそうだ。

「この者の荷物はどうされますか」

案内してくれた女官が淡々と私に訊ねた。そのままにしてくれと頼むと、拱手して部屋を去っていく。

故人の荷物は検める必要がある。想いが強く残った品は、遺体と一緒に墓に埋めるからだ。すべてを確認し終えた後、持ち物は燃やされる決まりとなっている。親族へ戻されたりもしない。後宮から情報が漏洩するのを防ぐためらしい。

——後宮って本当に閉じられた世界だわ。鳥かごみたい……。

一度入ったら最後、でられない。大部分の女官はかごの中で生涯を終える。

鬱々とした気持ちになっていれば、楊氏の私物が入った行李を探っていた凜凜が「星妃様！」と声をあげた。

「これを……」

手には一通の文が握られている。どうやら私宛のようだ。

「どうして私物に文が？」

「自分が死んだ後、星妃様が来るとわかっていたのでしょう」

受け取ろうと手を伸ばすと、凜凜がサッと手を引っ込めた。

「きっと恨みつらみが書かれているに違いありません。読む必要はないでしょう。処分しておきます」

どうやら、私が傷つくのを心配してくれているようだ。

——過保護だなあ。すごくありがたい。

くすりと笑みをこぼす。小さくかぶりを振ると凛凛に手を差しだした。

「駄目です。私宛の手紙だから、読むか読まないかは私が決めます」

「ですが……」

「たとえ恨みつらみが書かれていたとしても、途中で読むのをやめるだけですよ。でも……そうだなあ。つらくてたまらなくなったら——」

へにゃ、と緩んだ笑みを浮かべた。

「慰めてくれる？ いつもみたいにそばにいてくれるだけでいいんです、けど……」

故郷にいた頃、ボロボロの庵で白猫だった凛凛にいつもそばにいてもらった。彼女の温もりや柔らかさに何度救われただろう。

もじもじと告げた私に、凛凛はパッと頬を染めた。糸のような目を見開いて喜色を満面に浮かべる。

「……！ わ、わかりました！ 私でよければ。なんなら一晩中、猫の姿でおそばにおります！ その代わり、文は私も一緒に読みますからね」

「うん。助かります。さすがにひとりで読む勇気はないから」

「お任せください」

胸を叩いた凛凛は文を渡してくれた。

――なにが書かれているんだろう……。

緊張しながら文を開いていく。そこには、私の想定外の内容が書かれていた。

『蘭花へ。最初に謝らせてほしい。アンタの親切を無下にしてしまった。アンタを傷つけて、ひどい目に遭わせてしまった……本当にごめんなさい』

思わず凜凜と顔を見合わせる。楊氏が謝るだなんて思いもしなかった。ドキドキしながら文へ視線を戻す。続きにはこうあった。

『あの頃の私は〝掃きだめ〟だった日々に疲れきっていた。誰かを信じることなんてできなくて、自分に関わってくる人間全員が敵のように思えていたんだ。すべてのきっかけは鱗昭儀だ。アイツはそれまで普通に働いていた私を、気まぐれにどん底へ叩き落とした。私の出身地を知った途端に豹変しやがったんだ。わけがわからないまま、身に覚えがない罪をなすりつけられた。持ち物を盗んだだの、みんなの輪を乱しただの……。あげく、卑しい、心が汚いなんて罵られて……悔しかった。私の生まれた村に恨みでもあったのかもしれない。なんの変哲もない農村だったんだけどね』

どうやら、楊氏は私と同じような理由で虐げられていたようだ。鱗昭儀に一体なにがあったのだろう。ため息をこぼして続きを読む。

『あの女が私を〝掃きだめ〟に指定した途端、周りの奴らは手のひらを返しやがった。汚物のように扱われ、過酷な仕事を押しつけられた。誰も私のことなんて見向きもしない。一緒に働いてきた友達に足蹴にされる気持ち、アンタならわかるだろう？　本当に悔しくて悔しくて……なんとかして地獄から抜けだそうと必死になった。知ってるかい？〝掃きだめ〟にされるのは常にひとりだ。〝掃きだめ〟同士で徒党を組まれるのを恐れたのかもしれないね。私は、このつらすぎる役目を誰かに押しつけたくて仕方がなかった。そのためにはなんでもしたよ。盗み聞き、告げ口、誰かの持ち物を盗んだことだって！　鱗昭儀の嘘が真実になっちまった。自分が本当に掃きだめになった気がして吐き気がしたよ……』

　明々が語っていた楊氏の所業は、彼女があがいた結果だったのだと知る。人をここまで貶めるなんて……鱗昭儀への苛立ちが募る。

『そして私はアンタに出会った。お人好しで、宦官と夜な夜な密会する新人女官。助かった！と嬉しさが爆発しそうだったよ』

　ドキンと心臓が痛いほど跳ねた。白星と逢瀬を重ねる私を見つけた楊氏の高揚感まで伝わってくるようで、鬱々としてくる。

『アンタはある意味、鱗昭儀の〝お気に召した〟みたいだった。私は〝掃きだめ〟の役目から解放された。やっと地獄の日々から抜けだせると愉快だった。だけど――天の川が最も美しい夜、アンタは星妃に選ばれた。びっくりして、心から後悔した。星妃は誰よりも心が清らかだ。ああ！　あの日、アンタがくれた親切は嘘偽りない真心からだったんだって思い知った。そんな人を私は――』

筆跡が揺れている。涙をこぼしたのか、紙にポツポツと染みができていた。

『今さら謝っても仕方がないのは知ってる。だけどね、これだけは言わせてほしい。きっとアンタはすごい星妃になるよ。私みたいな〝掃きだめ〟にすら手を差し伸べてくれる心……大事にしてほしい。アンタの優しさに救われる人は絶対にいる。優しい心はそれだけで宝だ。確かに鱗昭儀は美人だよ。だけどアイツの心はドブより淀んでる。誰がなんと言おうと、アンタの方が星妃にふさわしい！　私が断言するよ。だから――頑張って。あのクソ女に絶対に負けるんじゃないよ。楊氏』

「…………」

文を読み終わると、中からなにかがでてきた。

――りん、と澄んだ音をさせたのは、虎の牙飾りがついた鈴だ。あの日、楊氏に盗られた……。大切にしまっておいてくれたらしい。

「楊氏」

震える手で文と鈴を抱きしめる。寝台に横たわる楊氏の表情は穏やかだった。

死の瞬間、彼女はなにを思ったのだろう。

やっと苦しみから解放されたと安堵したのだろうか……。

ぽろり、熱い涙がこぼれる。

どうして楊氏が死ななければならなかったのだろう。どうして私たちはあんな目に遭わされたのか。理不尽な暴力に耐えた末路がこれでは楊氏が浮かばれない。

「うう、ううう……」

耐えきれなくなって、その場にくずおれる。

心の中には怒りとやるせない思いが渦巻いていた。

「星妃様……」

凜凜がそっと寄り添ってくれた。私は彼女にしがみつくと、しばらくの間、静かに涙をこぼしたのだった。

思う存分泣いた後、私は楊氏の魂のために祈りを捧げた。彼女の魂魄がよい場所へ行けるようにと必死に願う。帰りの輿の中では、ひたすらぼんやりと外の風景を眺めていた。胸がいっぱいで他になにも考えられなかったのだ。

「……誰にでも手を差し伸べられる優しさ、か」

後宮に来てからの私の不幸は、まさに余計な優しさから始まったと言っても過言ではない。だのに、楊氏はそれが他に代えがたいものだという。

――優しさが誰かを救う……。

ため息をこぼし、悶々としながら外を眺める。

「え……」

するとと、池の縁でしゃがみ込んでいる人物を見つけた。女官だ。全身ずぶ濡れで、服の色から鱗昭儀つきだとわかった。なにより、その姿に見覚えがある。

「止まって！」

「星妃様？」

驚いている凜凜をよそに、輿から飛び降りて女官へ駆け寄る。

「なにをしているの、明々……」

愕然としながら声をかけると、明々はノロノロと顔を上げた。思わず息を呑む。ふっくらしていた頬は痩せこけ、右目の周りには黒い痣ができている。腕は枯れ枝のように細く、一部は大きく腫れ上がっていた。

「わあ。蘭花だ。すごく綺麗になったね……」

私に気がつくと、明々は欠けた前歯を見せて笑った。状況に似つかわしくない反応に思わず顔をしかめる。

「池にでも落ちたの？　その怪我……医師に診てもらった？　薬は？」

矢継ぎ早に問いかける私に、ぼうっとしていた明々はへらっと笑った。

「池に落ちたんじゃない。みんなにやられたんだ。誰にも診てもらってない。薬？　そんなの私ごときがもらえるはずがないわよ。だって、私は人であって人じゃない」

明々は夢見るような目つきで遠くを見遣り、ぽつりと衝撃の事実を口にした。

「今の〝掃きだめ〟が私なの」

「えっ……」

笑っていた明々は一転してくしゃりと顔を歪めた。

「こんなにつらいんだね。初めて知ったよ。ま、毎日が本当にしんどくて。痛くてさあ。ずうっとひもじくて……だ、だけど誰も手を差し伸べてくれなくて。みんな、私を見て嗤うのよ、汚い、臭い、近寄るなって……」

さめざめと泣いている明々に眉を寄せる。

鱗昭儀はいまだに〝掃きだめ〟を作り続けているらしい。

——この腕……。

明々の腕はどう見ても折れている。きちんと処置をして、化膿止めや熱冷ましを服用しなければ命に関わるかもしれない。でも、〝掃きだめ〟である明々にそれは望めないだろう。そう……あの頃の私のように。

「凛凛、医師と薬の手配をお願いします」

淡々と指示をだした私に、凛凛が眉をひそめた。

「ですが、星妃様。その者は——」

勢いよくかぶりを振ると、凛とした口調で繰り返した。

「いいんです。医師と薬の手配を」

凜凜は悔しげに渋面を作ると「かしこまりました」と拱手する。

私たちのやり取りを見ていた明々はポカンと口を開けた。

「……助けてくれるの？」

ぎゅう、と固く拳を握る。明々と目を合わせないまま、ぽつりと言った。

「怪我をしている人を見捨てられないもの」

瞬間、堰を切ったかのように明々の瞳から涙があふれだした。

「ああああああ……。やっぱりだ。やっぱり蘭花は優しい……！　鱗昭儀とは全然違う。だから星妃に選ばれたんだわ。誰よりも清くて正しいから！」

垢じみた顔を涙で濡らした明々は、心から嬉しそうに続けた。

「みんな、蘭花は星妃にふさわしくないって言っているけど、私は……私だけは違うってずっと思ってた！　このままじゃ私、死んじゃうかもって不安だったの。あの時は本当にごめん。助けてくれてありがとう！　星妃様、ありがとう……」

泣き崩れている明々に、私は複雑な気持ちを捨てきれないでいた。彼女が嬉々として、腐った柑橘を投げつけてきた記憶は忘れたくとも忘れられない。

「…………」

私は泣いている明々を慰めもせず、ただただ無言で地面を見つめていた。

頭の中では悶々と考え続けている。楊氏、私、そして明々。意図的に作りだされた弱者たち……。どうして、人は誰かを足蹴にしなければ生きていけないのだろう。鬱憤を誰かで発散しなくては心の安寧が保てないのだろうか？

人は消耗品ではない。他人のために誰かが犠牲になるなんて馬鹿馬鹿しすぎる。だけど、閉じられた後宮では容易に外へでることもままならない。結果、追い詰められた人々は――自死を選ぶ。

思えば星妃になってからというもの、何人もの女官の遺体を見てきた。大部分は病死や事故死だったが、自死を選んだ者も決して少なくない。

――苦しんでいるのは私たちだけじゃない。他にも、もっともっといるんだ。

彼女たちが必要としているもの……きっとそれは、心から安心できる場所だ。

なら、どこかに受け入れる場所を作れば……？　そもそも、どうして虐げる相手を必要とするのだろう。おそらく、後宮での生活に不安を抱えているからだ。逃げ場のない閉塞感が強迫観念に変わっている。弱者に認定され〝輪〟から追放されたら〝詰んでしまう〟。それが今の後宮なのだ。同時に、弱者がいる限り、自分が虐げられることはないという安心感がある。最悪の循環だ。

なら、みんなが余計な不安を抱えずに過ごせる仕組みを作ることができたら――？

「……あ」

ぱちん、と頭の隅でなにかがはまった音がした。

「――そうだ。私は星妃だもの。私にならできるかも……」

以前とは違い、今の私には大きな力がある。星妃は皇后と並ぶ権力を持っているのだ！　なんだか、私がすべきことが見つかった気がする……！

「蘭花……？」

明々が不思議そうに私を見上げている。

「大丈夫。もう大丈夫だよ。明々」

彼女にぎこちなく笑うと、まっすぐ前を向いた。ひゅう、と夜風が肌を撫でていく。

それから私は、明々を伴って七星宮へと戻ったのだった。


「――白星様！」

明け方。空が暁色に染まり始めた頃――。

ようやく帰ってきた白星を、私は七星宮の入り口で出迎えた。

「起きていたのか？」

驚きを隠しきれない白星に駆け寄り、そっと見上げる。

「どうしても話したいことがあって」

ドキドキしながら口を開けば、白星は「そうか」と目もとを緩め――急に私を抱き上げた。

「ひゃっ……!? は、白星様……!?」

「眠い目をこすりながら待っていてくれたのだろう？　話を聞きがてら茶でも飲もう」

「あ、あの。ひ、ひとりでも歩けますからっ……！」

パタパタ足を動かして抵抗してみても、白星の腕の中からは逃げられそうにない。凜凜に茶の用意を指示しながら、白星は中庭が見える部屋に入った。長椅子に腰かけ――そのまま私を膝の上に乗せる。

「おろ、下ろして……」

「駄目だ」

ワタワタと動揺している私に、白星は不敵に笑った。

白み始めた空から室内におぼろげな光が差し込んでくる。朝日に照らされた白星の顔はどこかいつもと違う雰囲気を漂わせていた。

「――なにかあったんだろう？」

白星が物憂げに瞼を伏せる。そして私の眦(まなじり)に唇を寄せた。

「泣いた跡がある」

「……ッ！」

かあ、と顔が熱くなった。思わず口を閉ざせば、

「それに、ようやく俺にすべてを話してくれる気になったんだろう？　なら、できる限りそばで話を聞きたい。……駄目か？」

そっと耳もとで囁かれて、こくりと頷いた。正直、心が弱っている自覚があったので、布越しに伝わってくる白星の温度や匂いは安心できた。

「わかりました。じゃあ……」

彼の膝に乗ったまま事情を話し始める。後宮内で私への反感が強まっていること。猫が惨殺されたり、宮殿が泥で汚された事件は伏せながらも、みなに認められるため模索していたと語る。そして――。

「楊氏や明々の状況を知って、星妃である私にできることを考えました。これがどういう結果に繋がるかは私にもわかりません。でもやってみたいんです……！」

意を決して〝星妃としてやりたいこと〟を口にした。私の目的を叶えるためには白星の許可がいる。なぜなら七星宮の〝中庭〟が必要だからだ。

不安になりながら返事を待っていれば、大仰にため息をつかれた。

「星妃への反感？　認められる？……人間とは実に面倒な生き物だな」

――だ、駄目だった……？

そろそろと様子を窺えば、白星はどこか困り顔になっている。

「お前のやりたいことはわかった。だが――その前にひとつ聞きたい。どうして沈んだ顔をしている？　やっと光明が見えたところなのだろう？」

「あ……」

息を呑んで、やっと自分の状況に気がついた。確かに私の心は沈んでいる。

「へへ。白星様は私より私のことがわかってますね……？」

へにゃっと緩んだ笑みを浮かべて、こてんと彼の肩に頭を預けた。

──たぶん、私の中で引っかかっているのは明々のことだ。

あの後、宮殿に戻った私は明々を医師に診てもらった。薬を飲んで安静にすれば命に別状はないらしい。それを聞いた時、ホッとしたと同時になんとも嫌な感情に見舞われたのだ。

「彼女を池のほとりで見つけた時、ひどい目に遭ったんだなってすぐにわかったんです。後宮に入ってからずっと一緒に過ごした相手です。友人でもありました。普通なら心配するはずなのに……」

胸がぎしりと軋む。

「──ちっともそんな気持ちになれなかったんです」

それに気がついた時、どうすればいいかわからなかった。私を虐げてきた相手と自分は違うと思っていたのに、似た部分を見つけてしまって泣きたくなった。

「優しさこそが私の力だと教えてもらったばかりだったのに！　ふとした瞬間に、私も誰かを虐げる側になるんじゃないかと怖くなりました。星妃は清らかな心を持ち合わせている必要があるのに……」

自分の狭量さから目を逸らしたかった。だけどそれをしてしまうと、今の私自身からも目を逸らしてしまうようで恐ろしい。

「私は本当に、星妃にふさわしいんですか……？」

必死に声を絞りだして白星に問いかけた。愛想をつかされるかもしれない。嫌われてしまうかもしれない。怯えが交じった声はひどくみっともない。

「……フン」

白星は小さく鼻で笑うと、私の髪の毛に口づけた。

「実際に行動に移すかどうか。人生の分水嶺はそこにある。あの娘は誰かに暴力を振るった。お前はどうだ？　誰かを傷つけたのか？」

かぶりを振って否定した。無意識に傷つけてしまったことはあるかもしれないが、意図的に誰かを虐げたことはない。

「なら問題ないだろう。誰かを傷つけようと行動に移す人間と、そうではない人間の間には見えないが分厚い壁がある。蘭花、お前はアイツらとは根本的に違う」

「……本当に？」

不安げに瞳を揺らした私に、白星は遠くを見て呟いた。

「本当だ。誰かを傷つけても平気な顔をしている奴は、そもそも悩みすらしない。いつだって己の中の正義にしか耳を貸さず、自分がどう見られているかや、相手の苦しみや悲しみを理解しようともしないんだ――」

白星の表情が曇った。なにか思い当たることがあるのだろうか。腕に力がこもる。

「……かつての俺もそうだった」

ぽつりと呟いて私の手首を握った。引き寄せて唇を寄せる。まるでなにかに懺悔しているかのように、何度も何度も唇を落とす。陰鬱そうにまつげを伏せると、確信を持っている様子で呟いた。

「お前が俺のようになることは絶対にありえない。絶対にだ」

――彼の中には私の知らない苦しみがある。

たまらなく胸が苦しくなった。慰めたい。でも、彼の苦しみの原因すら知らない私はかける言葉を持たない。白星には心身ともに救ってもらっている。私も彼を救いたい。彼の力になりたい。

「なにかあったんですか」

意を決して問いかける。白星はピクリと体を竦め、ゆっくりと顔を上げた。ひどく弱りきった顔をしている。

「……まだ、お前は知らなくていい」

「話せない事情があるんですか？」

白星は苦々しげに笑うと、小さく息を吐いた。

「いや。……情けない話だからな。お前に失望されたらと思うと怖い」

パチパチと目を瞬く。

――白星様も私に失望されるのを恐れている……？

彼も同じ気持ちでいたのだと知ると、じわじわと胸の中に喜色が広まった。白星が自分に執着している。それだけで踊りだしたくなるくらいに嬉しい。

「わかりました。でも……いつか教えてくださいね」

「ああ」

「どんな話を聞いても、私は白星様に失望したりしませんよ」

「……ああ」

拗ねたような声をだした白星にクスクス笑う。

――いつか、彼が私にすべてを明かしてくれた時、心から寄り添える自分でいたい。

そのためには、いつまでもクヨクヨしていたら駄目だ。

「ありがとうございます。おかげ様で少し頭が冷えました」

息を吸って丸窓の外を眺める。人気（ひとけ）がない中庭は静まり返っていて、時間の経過に伴って徐々に明るくなってきていた。

「白星様。私の願い、聞き届けてくれますか？」

じっと白星の整った顔を見つめる。

「そうだな――」

彼は不敵に笑うと、私を片腕で抱き上げて立ち上がった。

「ひゃっ……!?」

ふたたび間抜けな声をあげた私にくすりと笑って、ゆっくり外にでた。中庭を一望できる場所に立つ。瞬間、目に飛び込んできた光景に私はぽつりと呟いた。

「綺麗」

夏なのに昨日の夜は涼しいくらいだった。寒暖差によって発生した朝もやが庭中でけぶっている。朝日を浴びたもやは黄金色に輝き、中庭を美しく彩っていた。

「お前の目的のためには中庭が必要……確かに好きにしろとは言ったがなあ」

白星は、呆れたように笑って私を地面に下ろした。

「す、すみません……」

反射的に謝れば「構わない」と彼が苦く笑った。

「お前らしいと思う。誰かに寄り添い、温もりを与えるのがお前の本分なのだろう。蘭花。俺の星妃。神として夫として――お前の願いを叶えよう！」

白星が懐から笛を取りだす。そっと口をつければ、ひゅるり、と澄んだ音が中庭に広がっていった。途端、劇的な変化が現れ始めた。人間の常識では考えられない、まるで奇蹟のような光景――。

「すごい……！」

あまりの出来事に、頬を紅潮させてはしゃいだ声をあげる。昂ぶる心のままに中庭に下りた。

――これならきっと、私のやりたいことを成し遂げられるはず……！

「白星様っ！ ありがとうございますっ‼」

満面の笑みを浮かべてお礼を言えば、私を眩しそうに見つめていた白星が笑った。

「喜んでくれてなによりだ。うまくやれそうか？」

「はい……！」

こくこくと頷いて、大きく深呼吸をする。

「私っ！ 立派な星妃になれるように……ううん、これからも白星様の隣にいられるように、もっと、もおっつっと頑張りますから……！」

両手を広げて宣言する。白星は嬉しげに笑っている。そして、少しだけ考える様子を見せると、

「蘭花。たとえ星妃であっても、俺は相手を許さない自由くらいあると思うぞ」

そう言ってくれた。

「……！」

じわりと涙腺が熱を持つ。泣かないように必死にこらえ、大きく息を吸った。

「白星様。あ、ありがとうございます……」

――朝の匂いがする。世界が目覚め始めているのだ。それは私の行く先を暗示しているようだった。星妃としての私も、これからが本番だと思うからだ。

とくん、とくんと心臓が高鳴っていた。

これから忙しくなる。星妃としての第一歩がようやく始まったような気していた。

＊

「あらあら。とても素敵なお庭になったわね！　とっても色鮮やかだわ！」

数ヶ月後、七星宮には皇后の玉瑛が訪れていた。

「でしょう？　薬草って案外多くの花をつけるものなのだと初めて知りました」

玉瑛が褒めているのは七星宮の中庭だった。殺風景だった庭は、いまや数えきれないほどの植物であふれている。そのすべてが薬になる草花だ。薬効のある果樹や、煎じれば薬になる木などもあちこちに植えてある。

すると、玉瑛が感嘆の息をもらしたのがわかった。

「本当にすごいわね。まさに〝奇蹟の庭〟だわ」

「……ですね。白星様のおかげです」

今や七星宮の庭は、後宮中で〝奇蹟の庭〟と囁かれている。それは、庭に生えている薬草類が四季を問わずに自生しているからだ。春先に見られる甘草(カンゾウ)の隣に、夏頃に最盛期を迎えるトリカブトが咲いている様は異常だ。そんな光景が庭のあちこちで見られ、目にした人々は白虎による奇蹟だと褒め称(たた)えた。

「でも……少し驚いたわ。まさか庭を薬草園にするだなんて」

私が淹(い)れたお茶を満足げに飲み干した玉瑛は、小さく首を傾げた。

「どうしてそうしようと考えたの？　確かに薬草は可愛らしい花をつけるわね。だけど、季節の花々には遠く及ばないほど地味だわ？」

「薬草は愛(め)でるために植えたのではありません。煎じて薬にするんですよ」

――あの日、私が思いついた方法とは後宮の薬改革だった。

後宮で働く女官が薬を手に入れるには、ある程度の資金と他の女官たちとの繋がりが必須だ。それを改善するため、後宮内で薬を作ってみようと思い立った。

薬になる草花を七星宮の庭に植え、調薬の知識がある宦官に宮殿内で調合させる。できた薬は誰もが無償で受け取れるようにした。集団から弾かれて孤独に耐えている……あの頃の私や、楊氏、明々のような人も利用でき、気負わずとも、ちょっとした不調でも薬が使えるように。誰もが薬に頼れる体制を作り上げたのだ。

「体の不調は心の不調に繋がります。逆に健やかな体には健やかな心が宿るんです。それは結果として、誰かを虐げる必要性を下げるのではないかと考えました」

同時に、集団から弾かれたくないという強迫観念も薄れると考えた。たとえ頼れる人がいなくとも、体調が悪い時にすぐに薬が飲める……それだけで心が救われるだろう。結果、歪な関係性に依存する必要もなくなる。

「あなたもお薬で苦労したものね」

しみじみと呟いた玉瑛に、私は苦笑をもらした。

「はい。あの経験は二度としたくありません」

物置でのつらい日々を思いだして身を竦めれば、玉瑛は「それだけじゃないわ」と外を見遣った。庭では大勢の人間が作業に勤しんでいる。星妃つきの女官の間に、別の色の衣を着た人々も交じっていた。その中のひとりは私に気がつくと作業を止めて深々と拱手した。明々だ。

「行き場のない女官を雇うなんて！　誰にでもできることじゃないわ」

「一時的な処置ですけどね」

薬草園には普通の庭よりも数倍の手間がかかる。それを逆手に取り、集団から弾かれた女官を雇い入れると決めた。心身ともに回復した後は、他の妃嬪へ引き取ってもらえるように働きかける予定だ。星妃である私は、卦を伝えるために多くの妃嬪と顔見知りで、定期的に顔を合わせる。橋渡し役としては適役と言えるだろう。

作業に戻った明々を遠目で眺めながら、私はぽつりと呟いた。

「慣れない仕事で大変だと思いますけどね。いじめられたあげくに怪我や病気で命を落としたり、自死を選ぶよりかはマシでしょう」

すると、玉瑛が明々を指差した。

「ねえ、あの挨拶をした子——あなたを傷つけた鱗昭儀のところの子よね。一緒になって蘭花様をいじめたって聞いたけれど……許したの？」

鋭い問いかけに、思わず唾を飲み込んだ。努めて淡々と答える。

「許してはいません」

つきりと胸が痛むが、気持ちを奮い立たせて振り払った。

「彼女には本当にひどいことをされました。星妃なら許すべきなんでしょうけど……私にはまだ難しいです。でも、白星様はそれでいいと言ってくれました。だから、私なりに星妃らしい振る舞いを考えたんです。許すか許さないかではなく、困っている人がいたら手を差し伸べればいいって」

「どんな相手でも受け入れるってこと？」

「聖人じゃありませんから、できる範囲で……ですけどね」

少しだけ無理して笑んだ私に「まあ」と玉瑛は目を丸くして――。

「さすがは蘭花様ね……！」

勢いよく立ち上がって、思いきり抱きついてきた。

「ふわあ」

玉瑛の豊満な胸を押しつけられて、柔らかさと温かさに目を白黒させる。

「本当に蘭花様が星妃でよかった！　後宮内のあちこちで感謝の声があがっているそうよ。不満の声も少なくなってきているみたい。頑張ったわね。いい子いい子～！」

「あ、あの。あのあのあのっ、玉瑛様っ……!?」

抱え込むようにして頭を撫でられ、どうにもいたたまれない気持ちになった。女性独特の柔らかな感触や甘酸っぱい匂いが、母を思い出させて泣きたくなってくる。

「こ、今回のことでみんなに認めてもらえたら……う、嬉しいなとは思います」

そっと玉瑛の腕の中から抜けだして笑う。泣くまいとしたら、なんだか歪な笑顔になってしまった。すると、玉瑛はムズムズと口もとを動かしたかと思うと――。

「ううん！　わたくし、そういうあなたが大好きよっ！」

ふたたび私を勢いよく抱きしめた。

大好き――。あまりもらったことのない言葉に、目を白黒させる。

たまらず笑い声がもれた。努力を認めてもらえたのがなにより嬉しい。

「へへ……。へへへ」

「あっ！　俺の蘭花になにをしてるんだっ！」

すると、私たちの行為を目ざとく見つけた白星が乱入してきた。

隙をついて玉瑛から私を奪い取る。離さないとばかりにギュウギュウ抱きしめ、ジロリと玉瑛を睨みつけた。

「──お前には牙伯がいるだろうが！　蘭花にむやみに触るな」

白星はまるで子どものように頬を膨らませている。

「邪魔しないでくださいませ。わたくし、頑張った蘭花様を褒めたいのです！」

なにやら玉瑛は使命に燃えている様子だ。神である白星に果敢に挑んでいる。

「あ、あの。そんなに褒めようとしなくても。お心遣いだけで充分ですから……」

白星が怒りでもしたら大変だと慌てて口を挟む。玉瑛は不満げに唇を尖らせ、卓の上を指でいじりながら呟いた。

「だって。いっぱい褒められて照れ笑いを浮かべる蘭花様ってとても可愛らしいのよ。ああ、いい機会だと思いましたのに……」

──どんな理由ですか、それ……!?

ハッとして玉瑛を凝視する。

「もしや、文字の練習の時にたくさん褒めてくれたのは……」

「ウフフ。照れる蘭花様のお姿を見たかったのよねぇ〜！」

「〜〜〜〜っ！　もうっ！　玉瑛様ったら」

たまらず怒りを露わにすると、玉瑛はコロコロ笑った。反省の様子は見られない。

というか、私ってば玉瑛にどんな顔を見せていたのだろう。無意識って怖い。

ひとり愕然としていれば、やけに強い視線を感じた。

「蘭花の可愛い姿……」

なんだか嫌な予感がする。そろそろと顔を上げれば——キラキラと宝石のごとく目を輝かせた白星の顔が間近にあった。

「なんだ、褒めたらいいのか？」

「あ、あの。その……」

ワタワタと慌てて白星の腕の中から逃げだそうとする。しかし、白星が私を逃がすはずもない。腰をがっちりと抱え込まれて身動きを取れずにいれば、彼は意味ありげに私の名前を呼んだ。

「……蘭花？」

「は、はい」

震えながら返事をすれば、ニィと悪戯っぽく笑んだ。

「美しい庭ができたな」

私の手を空いた手で握り、やわやわと触れる。体がムズムズしてきた。じわっと体に汗が滲む。この状況から逃げだしたくて、隙を窺いながら必死に返答する。

「わ、私らしい庭になったと思います。ちょっと地味かもですが……」

他の妃嬪たちの華々しい庭とは比べるまでもない。けれど、私の庭は誰かに手を差し伸べるために存在しているから、美しさや派手さを必要としていなかった。

碧色の瞳を細めた白星は「そうだな」と頷いた。

「庭はその人の心を表す。優しさにあふれた庭だ。……本当に蘭花らしい。まるでお前を見ているようで心地がいい」

私を両手で抱き竦め、耳もとに顔を寄せる。そして——。

「立派に女主としての仕事をしてくれた。まだ星妃になってそんなに経っていないというのに……。蘭花はすごいな。ありがとう。感謝している」

「〜〜〜ッ！」

鼓膜に心地よく響く低音で紡がれた褒め言葉に、私の体は敏感に反応した。

「ひぇっ……は、はい」

顔全体が火がついたように熱くなり、全身から汗が噴きだす。慌てて耳を手で庇った。ジンジン痺れるくらい耳朶が熱を持っている。耳の奥では白星からもらった言葉が何度も何度も繰り返されていた。頑張りを認めてもらえた事実が嬉しくて、腕の中に閉じ込められている事実が照れくさくて。

「あ、ありがとう……ご、ございま……す……」

小声で呟いた後、茹で蛸よりも赤くなっている事実に耐えきれず、白星の胸もとに顔を埋めた。

――うう！　恥ずかしい。でも……すごく、すごく嬉しい。誰もいない場所で、やったー！と踊りだしたいくらいだ。

「……おお」

そんな私の反応を見つめていた白星は、なるほどと納得した様子だった。

「可愛いな、確かに」

デレッと相好を崩す。一方、玉瑛もなんだか満足げだ。

「でしょう？」

ふたりはしばし見つめ合うと、にやりと不敵な笑みを浮かべた。

「もっと褒めるか……」

「ええ。そうですわね……」

「ふえっ⁉」

とんでもないことを言いだしたふたりに、思わず悲鳴をあげた。

これ以上褒められたら、恥ずかしくて死んでしまう……！

白星の腕の中で、私は必死に抗議の声をあげた。

「や、やめてください。も、もう充分ですからあああ……！」

しかし私の抵抗も虚しく、その後、半刻ばかりふたりに散々褒め殺しされたのは言うまでもない。

＊

誰かに手を差し伸べられる〝優しさ〟で、弱者を減らしたいと始めた私の行動は、徐々に実を結んでいく。

私が、下級女官や下級宦官たちを中心に〝仁〟に篤い人――〝仁星妃〟と呼ばれていると知るのは、もう少し後のことだ。

幕間　飛蛾の火に赴くがごとく

闇色に沈んだ空に火の粉が立ち上っていく。

煌々とかがり火が焚かれた村の中は熱気であふれていた。広場に集まった人々の視線は舞台上の踊り子に注がれている。薄い衣一枚だけをまとった少女は、時に激しく、時にたおやかに、ひらりひらりと遊ぶように縦横無尽に動いている。

今日は毎年恒例の豊穣祭の日だ。連日続いた好天のおかげで近年稀に見る豊作だった年、村長（むらおさ）は周囲の村々と合同で祭りを開催しようと決めた。旅芸人を呼び寄せ、村人を労うためである。

会場となった村は大賑（おおにぎ）わいだ。熱気にあふれ、誰もがご馳走に舌鼓を打った。この日ばかりは子どもも夜更かしが許され、老いも若いも特別な日を楽しんでいる。

その中でひとりだけ沈鬱な心持ちの人物がいた。舞台上の踊り子である。

天女もかくやという美しさを誇る少女は、苦々しい思いでいっぱいだった。踊りながら舞台袖に視線を送れば、何人かの男性が集まっているのがわかる。

「……祭りの後……ご自宅……お好きに……」

少女の主が男たちにペコペコと頭を下げている。主は旅芸人の一座の頭取で、奴婢……賤民（せんみん）階級であった少女の持ち主だった。

貧困に喘（あえ）いでいた両親から頭取が少女を買い取ったのは、今から三年も前だ。痩せ細ってはいたものの、他の人間とは一線を画す美しさを持った少女に目をつけたらしい。買い取った翌日から芸を仕込み、舞台に上がらせた。頭取にとって幸いなことに、少女には踊りの才があり、一座の顔になるまで時間はかからなかった。

　初め、少女は一座の頭取が主になった事実を喜んでいた。踊りは好きだったし、食事を思う存分食べられる状況に満足していた。下働きばかりさせられる普通の奴婢より、断然いい待遇を受けられたからだ。

　だが、現実を思い知るにつれ、少女は絶望していった。

　旅芸人の一座では、たびたび裕福な客に芸人を差しだした。もちろん、興業後に個人的な時間を共有するためだ。定住せず、村から村へと移動を続ける一座が、次の仕事を得るには必要な〝営業〟だった。そして少女にとっては不幸なことに、貧困から抜けだし、充分な食事を与えられた彼女の肢体は、男性からするとひどくそそられるものであったようだ。

「……ッ！」

　頭取と話している男の中に、ギラギラと色欲に染まった瞳を見つけて、少女はたまらず身を竦めた。途端に足もとがおぼつかなくなるが、グッとこらえる。踊りを間違えれば後から鞭が飛んでくる。痛い思いをしたくない一心で体勢を整えた。

　やがて舞台が終わると、袖に引き上げた少女をニヤついた男が出迎えた。誰だろう、と訝しむ。すぐに先ほど嫌らしい目で自分を見ていた男だと気がついた。少女は体を硬直させる。相手は客だ。不興を買ったら鞭打たれる。

「…………」

ニヤついた男は無言のまま少女へ手を伸ばした。少女を見つめる男の目には嗜虐(しぎゃく)的な色が滲んでいる。

背中を冷たい汗が伝う。こういう客の顔は何度か見たことがあった。相手が賤民だからと、まるで物のように扱う野郎だ――。

――これから私はコイツに蹂躙(じゅうりん)される。まるで〝掃きだめ〟みたいに……。

ひ、と小さく悲鳴をあげた。

男の指が少女に触れそうになった瞬間、

「ああ、終わったのか」

そこへ頭取がやってきた。少女に目を留め、男と視線が合うとニコニコと揉み手を始めた。懐がやけに膨らんでいる。たっぷりと報酬をはずんでもらったようだ。

「うちで今一番の踊り子です。可愛がってやってください」

次に、頭取はひどく真面目くさった顔で少女に語る。

「こちらは隣村の長様だ。いずれは巡業に行かせてもらう約束をしている。たっぷりとご奉仕してくるんだ」

そして少女の耳もとに顔を寄せると、

「抵抗するなよ。ひとつでも悲鳴をあげたら……わかっているだろう？」

そう囁いて背中を押す。たたらを踏んだ少女は、男の胸に飛び込む恰好になった。

「……ッ！」

むわ、と男の臭気に包まれる。吐き気を催しそうな不愉快な臭い。思わず息を呑んだ少女を男は無言で見下ろしている。そろそろと視線を上げれば――ニィ、と黄ばんだ歯を見せて笑った。

「可愛がってやろう」

男の手がつう、と首筋を撫でていった。全身が粟立つ。少女は怯えの色を瞳に浮かべると――すべてを諦めたかのように「はい」と小さく答えた。

瞬間、ワッと観客が盛り上がる声が聞こえた。光の消えた眼差しで舞台を見遣る。

舞台上では、垢抜けない村娘たちが笑顔で踊りを披露している姿があった。少女たちが動くたび、身につけた鈴がやかましく鳴る。鈴のついた牙飾りは、この辺りではよくある装飾品らしい。素人っぽい村娘の踊りに、村人たちは大盛り上がりだ。顔見知りがいるとそれだけで高揚するらしい。少女の舞台よりも多くの拍手が送られているように思える。

――どうして私ばっかり。

ぎり、と強く噛みしめた。ふつりと唇が破れる。口の中に広がった鉄さびの味は、いつまでもいつまでも少女の舌の上に残り続けたのだった。

＊

「――ッ!!」

パチリと勢いよく目を開けた。跳ね起きて、ギョロギョロと目を動かした。辺りの様子を探れば、そこは見慣れた寝室のようだ。室内は静まり返っていて、格子窓から薄日がもれている。不愉快な祭りの会場ではない。

――そうだ、体調が悪いからと休んでいたのだった。

鱗昭儀は長く息を吐いた。脇に置いてあった水差しに手を伸ばす。悪夢の余韻を打ち消すようにぬるい水を一気飲みして、ようやく一息ついた。心臓はいまだ早鐘を打っていて、汗で肌がべとついているのがわかる。汗を拭おうと首筋に触れた途端、ふいに夢の中の出来事が蘇ってきて顔をしかめた。

「……なんなの」

小さくぼやいた鱗昭儀は、側づきの女官を呼ぼうと呼び鈴に手を伸ばし――やめた。なんとなしにフラフラと窓辺に近づいて外を眺める。

綺麗に整えられた中庭には、今日も美しい花々が咲き誇っていた。鱗昭儀自慢の庭だ。後宮内のどこの庭にも負けないと自負している。そう――〝仁星妃〟とか呼ばれていい気になっている、あの女の雑草ばかり生えた庭とは比べものにならない。

「……ッ！」

頭が痛んで顔をしかめた。なんて嫌な夢だろう。最近は見ていなかったのに、蘭花に星妃の座を奪われた後からまた見るようになってしまった。

ふたたびため息をこぼして、己の過去に想いを馳せた。

鱗麗華はもともと奴婢だ。都の近隣にある村を巡業する旅芸人の一座にいた。芸で人々の注目を集め、体で仕事を勝ち取る日々……本当に屈辱的だった。思いだすだけで震える。好きだった踊りも大嫌いになった。今も稽古は続けているが、踊った後は毎度吐き気を催すほどだ。それほどあの時代は鱗昭儀に暗い影を落としていた。

そんな鱗昭儀に転機が訪れたのは五年前。天女と見紛うばかりに美しい踊り子がいると噂を聞きつけた今の父が、頭取から自分を買い取った時だ。吏部の高官であると紹介を済ませた父はこう語った。

『お前は見かけだけは絶品だ。その美しさで皇帝を誑かし、寵愛を得るんだ……』

どうやら自分を使って出世を目論んだらしい。高位の妃嬪の親族は皇帝に重用される場合がある。

本来、奴婢の鱗昭儀を良民である父の養子にはできないはずだった。しかし、賄賂を惜しまなかった父は、あっという間に鱗昭儀を養女に据え、一年かけてみっちりと淑女教育を施す。そして、決して清らかではない彼女を後宮の中に送り込むことに成功した。金があればすべて解決できる。それが父の口癖だ。

当時は皇帝が即位したばかりで、皇后や他の妃嬪に子がおらず、鱗昭儀にもつけいる隙がありそうだった。しかし、間が悪いことに鱗昭儀が後宮に入ってすぐに皇后が懐妊した。鱗昭儀は知らなかったが、皇帝が皇后にベタ惚れしている事実は後宮では有名で、皇后が無事に出産を終えるまで他の妃嬪への渡りはないと思え、とお達しがでたくらいだ。

これでは目的の達成がいつになるかわからない。どうしようかと迷っていると、父から文が届いた。そこには〝星妃を狙え〟とだけあった。

当時、星妃はかなりの高齢だった。寝たきりで、そう長くないともっぱらの噂だ。ならばと星妃選別の儀を目標に動こうと決めた。

この話は鱗昭儀にとっても渡りに船だ。

愛してもいない相手に体を暴かれる屈辱は二度と味わいたくないし――。

――奴婢であった自分が、星妃として人の上に君臨するだなんて愉快すぎる。

ほどなくして星妃が死んだ。鱗昭儀は着々と準備を進めていく。四夫人をはじめとした高位の妃嬪たちに取り入る。今思うと、よくやったものだと思う。贈り物に金は惜しまず、悩んでいる相手の話にはいくらでも付き合った。聖人のような振る舞いを心がけ、誰にも親しまれるように時にはおどけたりもした。一度でも皇帝の渡りがあった妃嬪を落とすのは簡単だった。彼女たちは心を許せる——好敵手になり得ない相手に飢えていたから。

人心を掴むにはどうすればいいか、ひたすら考え抜いた三年間だった。自分には、踊りだけではなく人たらしの才もあったらしい。誰もが鱗昭儀に夢中になった。すべては星妃になるため。表で溜まった鬱憤を晴らすように〝掃きだめ〟を作りだしたのもこの頃だ。

運も味方した。万が一にでも皇帝の渡りがあった場合、星妃になる目標そのものを諦めざるを得なかったが、相変わらず皇帝は皇后に夢中だった。溺愛している妻の不興を買いたくないのか、新しい妃嬪を開拓するつもりはないらしい。

喪に服している三年間、鱗昭儀はトントン拍子で星妃になるための準備を進めていった。喪が明けた頃には、すべての準備が整った。誰もがみな、鱗昭儀こそが次代の星妃であると口にするようになったのだ。

計画は完璧だった。父も裏から鱗昭儀が星妃に選ばれるように動いてくれていた。あとは白虎が自分を選ぶだけ。だというのに——。

ちら、と長机の上に置かれた書簡を見遣る。父からだ。いやに荒れた筆跡で散々罵倒を連ねた後に、皇帝を籠絡しろと書かれてあった。

『顔くらいしかお前に価値はないんだ。〝仕事〟をこなせ。どれだけお前に金をかけてきたと思っている』

「…………」

無言のまま文を手に取った。燭台に近づけて火をつける。メラメラと炎を立ち上らせた文を床に放ると、怒りのまま唾を吐きかけた。

「私の価値を勝手に決めないで。クソッ、クソッ、クソッ……！」

地団駄を踏み、苛立ち混じりに爪をかじる。こんな思いをする羽目になったのも、すべてあの女のせいだ。あの忌々しい村で生まれた少女……。

「なにが〝仁〟星妃よ……！　人のことを馬鹿にして」

先日まで蘭花には逆風が吹いていた。鱗昭儀がそうさせたといっても過言ではない。女官たちに、現星妃が後宮で男漁りをする浅ましい女なのだと広めさせたのだ。星妃はみなの憧れの地位だ。ふさわしくない相手が選ばれたと知ると、誰もが簡単に感情を爆発させた。不満を募らせた女官たちの中には、皇帝に嘆願書をだそうと言いだす者までいたくらいだ。

「順調だったのに。どうして？」

風向きが変わったのは、蘭花が七星宮の庭を薬草園に作り替えてからだ。しかも無料で薬がもらえるという。想定外だったのは、古参の女官たちが軒並み手のひら返ししたことだ。

『高価な薬が無料で手に入るだなんて。新しい星妃もやるじゃないか』

『本当に助かるよ。最近は冷えがひどくてねえ……』

彼女たちは日常的に薬を服用していた。女官の給与を故郷に送金する者は少なくなく、薬代がかさめばやりくりに苦労する。そこに現れた蘭花という存在は、彼女たちにとって救世主だ。

年長者たちが星妃への態度をひるがえすと若年者たちもそれに倣った。後宮は縦社会である。上の者の決定には逆らえない。それに、星妃が積極的に保護していた〝集団からあぶれた女官〟たちのほとんどは若年だ。いつなんどき弱者に認定されるかわからない恐怖に怯えていた女官たちは、星妃という存在に心から救われたらしい。

いまや後宮で星妃への不満を口にするのは、鱗昭儀つきの女官たちのみだ。

ここ数ヶ月の後宮は息が詰まるようだった。

――ああ、早くもとの後宮に戻さなければ。以前のような、私を中心に回る心地よい場所に……。

「でも、一体どうすれば……」

ギリリ、と爪を強く噛むと、もろくなっていた爪が破れた。肉まで持っていかれたらしい。鮮血がこぼれ、ポタポタと床に染みを作る。しかし、多少の痛みは心にまったく響かない。ぼんやりと虚空を見つめ、ブツブツとなにやら呟いている。

「絶対に星妃になってやる。絶対に。絶対にだ」

星妃になる。それが──賤民階級から這い上がってきた鱗昭儀にとって、絶対になしえなければならない〝仕事〟であり、唯一の〝望み〟だった。

「……鱗昭儀。お目覚めですか？」

部屋の外から声がかかった。鱗昭儀が最も信頼する女官の声だ。「入って」と促すと、しずしずと入室した女官は拱手した。

「外廷で騒ぎが起きているようです」

鱗昭儀はわずかに眉をひそめた。官人らが実務を行う場所での出来事など、後宮住まいの自分に関係あるとは思えない。だが──自分と苦楽を共にしてきた女官が、関係ない騒動を報告するとは考えづらかった。

「……なにがあったの？」

「自分は星妃の親族であると女が暴れているそうです。篤く遇しないと神罰が下るぞと恐ろしい剣幕らしく……」

「まあ！　それは対応した人間が可哀想ね」

くすりと笑んだ。これは面白いことになった。じわじわと喜色が広がっていく。うまく利用すれば、この状況を打破できるかもしれない。

　そっと血で濡れた指先を舐めた。鉄さびに似た味。しかしそれは、以前に感じたような屈辱にまみれたものとはまるで違った。盤石の体制を築き上げたものの、慢心して注意を怠(おこた)った自分への戒(いまし)めの味だ。

「飛んで火に入る……フフ」

　女官に着替えの支度を命ずると、上機嫌で外を見つめる。頬を心地よい風が撫でていった。夏の匂いはとうに消え失せ、世界は秋色に染まりつつある。秋には、星妃にとって重要な儀式があった。月花祭。この祭りが終われば、蘭花は正式に星妃と認められてしまう。

「絶対にお前を星妃になどさせてたまるものですか。そこは私の席なのだから」

　微笑んだ鱗昭儀の唇には、ぬらぬらと真っ赤な血がこびりついている。まるでそれは、獲物を見つけて笑う肉食獣の顔のようであった。

三章　神代の記憶

「お見事です！」

私が踊り終えると、舞踊の師匠が朗らかに笑った。

「ありがとうございます」

はあ、はあと息を荒らげながら頭を下げる。しゃらり。衣装に施された数珠玉(ビーズ)が軽やかな音を立てた。顔を上げると、稽古を見守っていた凜凜や、伴奏をしてくれていた鐘鼓司(しょうこし)たちが笑みを浮かべているのがわかった。ホッと胸を撫で下ろす。どうやらうまく踊れたようだ。

月花祭があと一ヶ月に迫っていた。

今日は本番用の衣装を身につけての稽古だ。演じるのは白虎への奉納舞。私が〝掃きだめ〟に落とされるきっかけにもなった因縁の演目だ。

白地に夜を思わせる濃紺を組み合わせた衣装は贅沢に宝石で飾られ、動くたびにキラキラと眩い光を放った。上質な布はひらひらと可憐(かれん)に揺れて、まるで蝶にでもなったかのような気分になれる。それに――。

――ちりん。

片耳には、耳飾りに仕立て直した虎の牙飾りが揺れていた。母から受け継ぎ、一度は奪われたものの、楊氏が返してくれた大切な品。これがあるだけで心持ちが違う。

すると、私と一緒に踊っていた女官たちが近づいてきた。

「星妃様、お疲れ様でした」

「はい。少し休憩をとりましょうか」

「ありがとうございます」

礼を言った女官たちの顔は見えない。なぜなら、頭からすっぽりと被り物をしているからだ。その姿形は様々だ。過去の皇帝を模したものや、動物、伝説上の生き物まで種類に富んでいる。奉納舞は物語仕立てで、白虎が珀牙国の守護神になるまでのいきさつを再現している。被り物は踊りにでてくる登場人物というわけだ。

月花祭は、新しい星妃が選ばれた時にだけ行われる特別な祭祀だった。なにせ、神との婚姻の儀である。この日を境に星妃は公式に神の花嫁と認められるのだ。

それまでの期間は、星妃としてふさわしいかどうかを見定める〝試用期間〟だった。月花祭は本試験も同様だ。新人星妃は、立派に祭祀を執り行えるかどうかを図られることとなる。

月花祭当日は宮城の外にも屋台や出店が並び、人々は白虎に感謝を捧げ、新しい花嫁との幸福な日々を祝福する。

特に、今年は盛大に祭りが行われる予定だった。白星が珀牙国の守護神になってから、ちょうど千年の節目に当たるためだ。

今は閑散としている舞台上だが、当日はあちこち美しく飾り立てられるらしい。舞台の周りには、夜にしか咲かない月下美人を飾る決まりとなっていた。そのため後宮内の至るところで月下美人が育てられていて、後宮はどこもかしこも甘い花の香りで包まれている。

──本当にもうすぐなんだなあ……。

感慨深げに思っていれば、誰かが近づいてきたのがわかった。

「蘭花。素晴らしい出来だったぞ……！」

白星だ。なんだか久しぶりに顔を見た気がする。

最近忙しくしているようで、一週間ほど七星宮を空けていたのだ。

「は、白星様……！　おかえりなさい！」

これから白星と同じ時間を過ごせるかもしれない。

嬉しくなって、小走りで彼に駆け寄る。

「ごらんになってるなら、声をかけてくれればよかったのに！　今日の踊りはどうでしたか！　あ、あの……今までで一番だったと思うんですが」

ドキドキしながら訊ねれば、白星は満面の笑みを浮かべる。

「──ああ！　素晴らしかった。以前とは比べものにならないほど上達しているな。本番が今から楽しみだ」

「……！」

白星からの褒め言葉に頬を染める。ぴょん、と飛び上がりたいくらいに嬉しい。

この数ヶ月、毎日のように練習してきた甲斐があった。

「休憩のところすみません。蘭花様……」

凜凜が声をかけてきた。白星がそばにいるとわかると「おや」と立ち止まる。

「あらあら。失礼いたしました。おふたりの時間を邪魔してはいけませんね」

「え、あ、あの。いいですよ。少しくらいなら……」

ポッと頬を染めて俯く。毎日毎日、白星がいつ戻ってくるのかと心待ちにしていた私を、凜凜は誰よりも知っている。だからだろう。苦笑を浮かべて「手短に済ませますね」と肩を竦めた。

「月花祭を前に、諸公から続々と貢ぎ物が届いています。目録を用意しましたので後で目を通していただけたらと。それと――〝仁・星妃〟宛に、感謝状もたくさん届いておりますよ。〝奇蹟の庭〟で採れた薬草で大切な人が助かったとありました。お礼の品が多すぎて宮殿の一室が埋まってしまったんです。早めに整理しませんと」

「そ、そうなんだ。後で確認しますね……」

苦しんでいる女官たちを救いたい。

そう考えて実現させた〝奇蹟の庭〟は、思いのほか大きな影響を持つに至った。

白星の力により季節に関係なく様々な薬草が採れるため、後宮内の女官だけでなく、宮城に勤める高官などからも薬を求められるようになったのだ。

〝奇蹟の庭〟の薬は、大勢の人の命を救ったらしい。今や〝仁〟に篤い杜蘭花こそ、神の花嫁にふさわしいと誰もが口にしているそうだ。

――鱗昭儀の周囲の人たちからは、まだ陰口を叩かれることもあるけれど……。

「一室が埋まるほどか。それはすごいな！」

凜凜の話を聞いた白星は、目をキラキラ輝かせている。嬉しさにじんわりと胸が温かくなった。やっと、神である白星にふさわしい私になれた気がする。

――だけど……。

〝ある悩み〟を思いだすと、途端に気持ちが萎えてしまった。

現状、確かに私は白星にふさわしい花嫁なのかもしれない。

白星からの愛情は疑うべくもない。なのに一点だけ――気がかりなことがある。

「あのっ！　白星様。今晩は七星宮でお休みですか……？」

意を決して訊ねた。白星は思案げに視線をさまよわせ、「そのつもりだ」と頷く。

「な、なら、ぜひ夕餉はご一緒させてください。食後もよかったら……あの、えっと……私と一緒に……」

がっついているようで照れくさくなった。

たまらず尻すぼみになった私の声に、白星は朗らかに笑う。

「構わない。今晩は共に過ごそう」

「……！　あ、ありがとうございます！」

やった……！　思わず拳を握る。凜凜も嬉しげだ。私の耳もとに口を寄せると、小さな声で囁いた。

「では、貢ぎ物などの確認は後回しにしましょう。舞踊の稽古が終わったら、体を隅々まで磨き上げなくては」

「うん……。よろしく、凜凜」

お任せください、と凜凜が胸を叩く。

なんて頼もしいのだろう。凜凜がいてくれて本当によかった……。

「あれ……？」

ふと、白星が遠くを見つめているのに気がついた。

普段朗らかな白星が見せた鋭い眼差しに、ドキンと心臓が跳ねる。

「白星様？」

思わず声をかければ、白星の目つきが和らいだ。

「悪い。行かねばならないようだ」

神である彼はなにか感じ取ったらしい。

胸が苦しくなる。白星は、どうやら今日も七星宮を空けるようだ。

「……はい」

ぎこちない笑みを浮かべる。

――今日こそは朝まで一緒にいられると思ったのに、不満が態度にでてしまった。白星は困ったように笑うと、私の頭をポンポンと優しく叩いた。

「次に戻ってきた時は夕餉を共にしよう。それで許してくれないか」

白星の言葉に、私は頷き返すことしかできなかった。

できれば、ずっとここにいてほしい。私のそばで笑っていてほしい。

隣で白星の温もりを感じていたい。

「……わかりました。お帰りをお待ちしてますね」

頭の中で渦巻く欲求を呑み込んで頷く。

「じゃあ行ってくる！」

白星が人から虎の姿へと変じた。白星は天高く飛び上がると、勢いよく空を駆けていった。

ふわりとなにかが肩を覆う。凜凜が布をかけてくれたのだ。

「汗で体が冷えたらいけませんから」

一瞬、ポカンとしてから赤面した。

汗だくなのに、それすら忘れて白星に話しかけていたらしい。

「……やだ。私ったら——」

くしゃりと顔を歪める。ぽろりと透明な雫が瞳からこぼれた。泣くつもりなんてちっともないのに、なぜだか涙が止まらない。

「大丈夫ですよ」

凜凜が私を抱きしめてくれた。温かな体温が伝わってきて、凜凜が触れている箇所から、徐々に気持ちが楽になっていく感じがした。

「ありがと、凜凜……」

「私はいつでもおそばにいますから」

「うん」

顔を上げて涙を拭う。

——クヨクヨしてちゃ駄目。今は祭りを成功させることだけに集中しなくちゃ……。

そうすれば、いつかきっと憂いが晴らされる時がくるはず。

そう自分を慰めて、私はふたたび稽古を始めようと歩きだした。

「星妃様！」

すると、ひとりの宦官が近づいてきた。

「申し上げます。実は——」

「……え？」

宦官の言葉に、ざあっと血の気が引いていくのがわかった。

＊

珀牙国辺境――。

隣国と接する山岳地帯。関門の上に立ち、俺――白星は、兵士たちがずらりと居並ぶのを眼下に眺めていた。

彼らが身につけているのは白でそろえた鎧だ。白は珀牙国の象徴ではあるが、他国では絶対にありえない配色だった。多くの国において、白は不吉な色とされている。白は白虎を表し、同時に死をも意味する。だから慶事では絶対に利用されない。他国の人々が葬式で身につける色は決まって白だ。

――なぜそうなったのか？　原因は俺の行いにあった。

この国の守護神になる前――一介の神であった俺は、常に血を求めてさまよっていた。心の中には常に暴風が吹き荒れ、いつだって飢餓感を抱えていた。誰かを傷つけたくて仕方がない。俺の爪は相手を引き裂くために存在していて、俺の牙は誰かの首もとを食いちぎるために、俺の喉は誰かの血を啜るためにあったのだ。

元来、虎はそういう生き物だ。普通の虎より巨大な力を持ったものの、心が獣のままだった俺は、欲望が赴くままに暴力を振るった。特に好んだのは人間だ。動物と違い、様々な道具を使って抵抗する人間を狩る時が一番愉快だった。一体、何人屠っただろう。果敢に挑んできた者もいたが、すべて爪で引き裂いてやった。

やがて人間たちは、白虎は〝凶獣〟だと恐れるようになる。

どうやら俺はやりすぎたらしい。凶行はすぐに他の神々の知るところとなった。

俺は四方の方角を司る四神のうちの一柱だ。本能のまま暴れた俺に差し向けられたのは、他の四神……東の青龍、南の朱雀、北の玄武だった。奴らは俺を捕らえ、檻の中に鎖で繋いだ。

神であろうとも絶対に逃げられない広大な檻だ。中にはだだっぴろい原っぱがあるだけで、縁まで移動すると壊せない鉄柵が待ち構えている。ときおり食べ物(えもの)が投げ込まれるから、ひもじい思いをすることはなかったが罰は罰だ。いまや守護神などともてはやされている俺だが、遠い昔はただの荒神だったのである。

そんな俺には友と呼べる存在がいた。〝鴞(きょう)〟という化け物だ。

闇夜に光る目を持ち、嬰児(えいじ)に似た不吉な声をあげる。大きな翼を広げて誰もが寝静まった森の上空を滑空する猛禽(もうきん)。鋭い爪で獲物を仕留め、肉を貪る鴞もまた、人々の恐れの対象だった。

『憐れな白虎、僕が来てあげたよ』

奴はとても皮肉屋で、根性がねじ曲がっていた。鎖で繋がれた姿が愉快だからと、たびたび姿を現しては話をしていく。奴はずいぶんと俺に馴れ馴れしかった。嫌われ者同士、親近感を抱いていたのかもしれない。

鴉が口にするのは、いつだって誰かへの不満や嫉妬だ。

『聞いてよ。鳳皇の野郎、人間たちに姿絵を描いてもらったと自慢してきたんだ！　馬鹿らしい。麒麟も騶虞も、人間たちからすれば瑞兆なんだと。人界ではずいぶんともてはやされているらしい。それになんの意味がある？　愚かな人間に崇拝される必要なんてないだろう……』

不平不満を呟き、俺にぶつける。そして最後には必ずこう口にするのだ。

『ああ！　妬ましい。奪ってやりたい。全部僕のものになればいいのに！』

鴉は強欲な質で、すべてを手の内に収めたいと考えていた。自分の持ち物だけでは決して満足しない。常に誰かを羨んで、妬んで、イライラしている。奴の思考はちっとも理解できなかった。俺自身は、狩りと肉の味以外に興味がなかったからだ。

一度、どうしてそう思うのかと訊ねたことがある。鴉はこともなげにこう答えた。

『当然だろう。他人の持ち物には価値がある！　たとえそれがガラクタであろうともね。手に入れられた時の喜びは他にたとえようがない……』

まん丸の瞳をにんまりと細めると、どこか不気味な声で嗤った。

『僕はね、人間の心を映す鏡のような存在なんだ。ほら、瞳を覗いてごらん。嫉妬に身を焦がす人間たちの姿が見えるだろう。僕を醜い、恐ろしいと人間は侮辱するけれど、それは自分自身を見て言っているのと同じなんだ。僕はどんな人間の心にも棲んでいる。だからこそ嫌われるんだ。誰も〝僕のような自分〟を見たくないからね』

鴉の強欲さは底なしだった。時には、人間を操って目的のものを手に入れたりもした。奴の囁きに人間は抗えないらしい。鴉の甘言に躍らされ、人間は相手から望みの物を奪い取る。そしてそれを鴉に捧げるのだ。しかし、鴉の目的は強奪するという行為そのものだ。手に入れた品は、しばらく眺めた後に飽きてしまう。

『ああ！　今日も妬ましいね。あれもほしい。これもほしい！』

奪ってきた金銀財宝を足蹴にしながら、もっと、もっととほしがる鴉を、俺は呆れながら眺めていた。別に咎めたりはしない。鴉を暇を潰すための賑やかし程度にしか思っていなかったからだ。

思えば、どうして鴉は俺なんかに構っていたのだろう。俺自身、奴がほしがるようなものを持っていなかったからだろうか。檻の中に閉じ込められた憐れな獣から奪えるものはない。嫉妬の感情を刺激されない俺という存在に、奴は安寧を見いだしていたのかもしれない……。

だからこそ鴞は激昂した。俺が、奴が持ち得ないなにかを手にした時──。

『……どうしてお前がそれを手に入れるんだッッ!!』

手がつけられないほど怒り狂った。そして歴史に残る悲劇を起こした後、こう呪詛を吐いて姿を消したのだ。

『君を幸せにしてなどやるものか。君がなにより大切に思うものを、僕は何度でも奪ってやる。絶対にだ!』

当時は、なぜ鴞が怒りだしたのか理解できなかった。だが、今ならわかる。

奴は、同類に裏切られたと感じたのだ。


「白虎様」

物思いに耽っていた俺に、ひとりの将軍が声をかけてきた。国境警備を皇帝から一任された男で、共に国を侵そうとする敵を倒してきた知己でもある。

勇敢な男のはずだった。有能な指揮官であり、みずから望んで戦場に立つ戦士でもある。だが、その表情は今日に限ってはかんばしくなかった。

「兵士たちが動揺しております。戦いたくないと泣く者まで」

「……そうか」

ため息をこぼして遠くを見る。

今まさに、珀牙国の国境は敵からの攻撃を受けていた。相手は強大な隣国――などではない。土の下から蘇ってきた屍だ。それもただの死者ではない。この辺りの住民の、かつて家族であった人々である。

珀牙国では、山岳地帯に廟を建てて死者を埋葬する習わしがあった。火葬の習慣はなく、土葬が主だ。死者は土の下でゆっくりと大地に還るはずだった。

だが――彼らは土の中から帰還した。生きた死体となり、物言わぬまま生者に害をなそうとしている。死体に個々の意識はないようだった。誰かに操られ、生前の意思とは関係なく蘇ったのだ。

普通なら絶対に起こるはずがない事件だ。なにせこの国は俺の神力で満ちている。屍を蘇らせ、国に禍をもたらそうと思うなら、それこそ神に匹敵する力が必要だ。

「チッ」

苛立ちが募って舌打ちする。死体を蘇らせた犯人に心当たりがあったからだ。

「……鴟め」

俺を妬み、俺の幸福を許さないと宣言したかつての友。奴が動きだしたのだ。蘭花と共に幸福になろうとする俺の邪魔をしようとしている。

一歩踏みだし、兵士たちの顔を見渡した。死に別れた大切な人に襲われる恐怖に、誰もが疲弊している。

鴉による襲撃は月花祭が近づくにつれて激化していた。これで何度目だろう。おかげでろくに七星宮に戻れず、蘭花の顔も見れていない。鴉なりの嫌がらせなのだろうが、効果は確実に顕(あらわ)れ始めていた。いつまで続くかもわからない死者の襲撃に、兵士たちは徐々に生気を失いつつある。

「先祖を、親を、友を、子を——倒すのが恐ろしいか」

俺は沈鬱な表情の兵下たちに語りかけた。兵士たちがノロノロと顔を上げる。

「お前たちの気持ちはわかる。だが、今は耐えてくれないか」

拳を固く握って彼らに向けた。

「今まさに脅かされているのは、生きている民たちだ。そして君たちの家族でもある。弔うべき死者を冒涜(ぼうとく)するのはつらいだろう。だが、戦わなければお前たちの家族も屍の列に加わることになる！」

兵士たちは誰もがハッとしたように顔を上げた。爛々(らんらん)と輝きだした彼らの表情を眺めながら、力強く——そして、心に寄り添うように言葉を続ける。

「頼む。手を貸してくれ。共に国を……なによりも大切なものを守り抜こう!!」

「白虎様……」

「……守護神様が俺らにお言葉を……」

俺の思いは彼らに届いたようだ。兵士たちは顔を見合わせ、一転して拳を天に突き上げて叫んだ。

「うおおおおおお……！　やってやる。やってやるぞ……！」

ホッと息をもらす。無事に彼らを鼓舞できたようだ。

「さすがは白虎様ですね」

すかさず賛美の言葉を口にした将軍に苦く笑む。そして俺は、兵士たちを西へ進めさせるように指示をだした。

「……？　どうしてです？　東の方が敵の数が多いと報告があがっていますが」

「東は俺がやる」

淡々と答え、わずかに瞼を伏せる。

「兵士たちもまた、俺が守るべき国の民だ。苦行は神である俺が担おう。守るべきものを脅かそうとする奴には容赦しない。俺の牙や爪が血で汚れるぶんにはまったく構わない。すべてを壊して、蹂躙して、二度と立ち上がれなくしてやる」

――そうだ。たとえ相手がかつての友であったとしても。

蘭花を傷つけようとするならば容赦はしない。

牙を剥きだし、グルルル……と、喉の奥で唸った俺に、将軍は「アンタの敵にはなりたくないですね」と肩を竦めた。

「一度敵対したら、喉笛を引き裂くまで追いかけてきそうだ。一見、普通の人間に見えるから困るんですよ。獲物を見つけたアンタは肉食獣そのものだ。まさか、新しい星妃様を怖がらせたりしてないでしょうね？　かよわい少女らしいじゃないですか」

将軍の言葉に、俺はたまらず笑みをこぼした。

「蘭花には可愛い犬のようだと茶化されるがな」

「……嘘でしょう？」

言葉をなくした将軍に、俺は背を向けた。

「死者どもの掃討もだが、鴉の捜索も怠るなよ」

「もちろんです」

ひらりと関門の上から下りる。東へ向かいながら、俺はぽつんと呟いた。

「鴉、どこにいる……？」

皇帝である牙伯が大がかりな捜索をしてくれていたが、いまだ影も形も見えない。だが、うっすらと鴉の気配を感じるのは確かだ。奴は今もどこかで俺が隙を見せるのを待っている。

――鴉……。

かつて時間を共有した友の姿を思いだしてしまい、たまらず渋い顔になる。

「本当にお前がやったんだな」

屍の襲撃により疑惑は確信に変わった。蘭花に不運が降りかかったのは、すべて鴉が原因だ。後宮に鴉の手の者……もしくは鴉自身が紛れ込んでいる可能性がある。

「強欲な奴だ。そんなに俺が幸福になるのが妬ましいか」

ふいに寒気を覚えて顔をしかめた。心が冷たくなっている感覚がする。蘭花の柔らかで優しい温度がほしくなった。

——今はともかく屍退治だ。急がねば。

雑念を振り払い、足を速める。

瞬間、茂みをかき分けてなにかが飛びだしてきた。

「白虎様!!」

息を切らして現れたのは、俺の眷属である一匹の猫だ。

「星妃様が大変ですッ……！」

——まさか、俺が蘭花のもとから離れている間に……！

さあ、と血の気が引いていくのがわかった。

＊

頭が真っ白になった。

怖くて、とても怖くて。

虐げられていたあの頃を思いだしてしまった。

——ああ。顔を上げるのすら恐ろしい。

星妃の親族を名乗る者が訪ねてきている——。

その報せは、私の気持ちをどん底に突き落とした。

七星宮の応接間。身支度を整えた私は、青ざめながらもその人物と相対した。

震える手でなんとか無事に茶を淹れ終えた私は、その人の前に茶杯を置く。眩暈を感じながら席に戻れば、そばに立つ凛凛が心配そうに私を見つめているのがわかった。

「——あら。素敵な茶器！　さすが後宮だわ。これだけで家が一軒建ちそうね。それにこのお茶！　渋みがなくてまろやかで……こんなの私初めてよ！」

聞こえてきた声にビクリと身を竦める。

そろそろと視線を上げれば——。

「あの頃のお姉様は泥水を啜っているのがお似合いだったのに。今やこんな上等なお茶を口にできるようになったなんて……。うまくやったものね？」

私の妹——杜漣花が意地悪そうに目を細めたのがわかった。

ぎしりと胸が軋む。全身から汗が噴きだし、ドクドクと耳奥で心臓が鳴っていた。

「そんなことないわ、漣花……」

目の前にいる妹の、底知れない闇をたたえた瞳がなによりも恐ろしくて。途切れ途切れに答えれば、妹はにんまりと歪んだ笑みを浮かべた。

「そうお？　お姉様はとってもうまくやったと思うわよ？」

「わ、私にはわからないわ。なにもわからない……」

ボソボソと呟いて卓上を見つめる。

「──まったく。立場が変わってもお姉様はお姉様ね」

妹の言葉がグサグサと胸に突き刺さる。

宦官から親族が来ているとの報告を聞いた時、頭が真っ白になった。

だって、すぐに妹だとわかったからだ。宮城に乗り込んでくるような親類は、漣花以外にいない。実際、私の予想は間違っていなかった。

久しぶりに会った妹は、以前にも増して派手派手しさが増しているようだ。

高く結い上げた頭には、純金の櫛が春先のタケノコのように生えていたし、唇はべったりと鮮やかな紅で染められていた。近づくだけで、むせかえりそうなほど白粉の匂いがする。襦裙はギラギラしい金色の布に銀糸で刺繍がされていた。いかにもお金をかけていますという風体。正直、ここまで贅沢な衣装を着ている女性は、後宮ですらあまりお目にかかれない。

きっとそれらの装飾品を用意できたのは、私が星妃になったからだ。星妃の外戚は多大なる権益を得られると知ってはいたけれど……。

――私を追いだして、たくさんのお金を手に入れて。うまくやったのはそっちじゃないの……？

ぎゅう、と拳を固く握った。自分に淹れた茶に手をつける気にもなれない。

『蘭花お姉様。私たちの結婚を祝福してくれるわよね？』

あの日、絶望の淵に沈められた記憶が蘇ってくる。じわりと粘ついた汗が滲んだ。妹が目の前にいるだけで落ち着かなくなる。漣花にすべてを奪われた記憶はいまだ生々しく、反射的に身構えてしまうのだ。

――大丈夫。大丈夫よ。今の私は星妃なんだから……。

自分に何度も言い聞かせ、大きく息を吸う。

鱗昭儀すら手をこまねいている星妃という座を、妹が奪えるとは思えない。それに、白星が元婚約者のように心変わりするとは考えられなかった。

だけど――白星をひと目だって妹の目に触れさせたくなかった。あれほど魅力的な人だ。漣花がほしがらないわけがない。妹を一刻も早く追い返さなくては。

「そ、それで。なにをしに来たの？」

意を決して訊ねる。

しげしげと室内を眺めていた妹は、にんまりと妖しげに笑った。

「なにって……。ご挨拶にうかがわなくちゃと思って」

「……え？」

誰に、と訊ねようとした瞬間、応接間の扉が勢いよく開いた。姿を現したのは、皇后である玉瑛だ。

「蘭花様！」

「玉瑛様、どうして……」

やや焦った様子で室内に入ってきた玉瑛は、ジロリと漣花を睨みつけた。私の耳もとに顔を寄せて囁く。

「ごめんなさいね。追い返せと命じたのに、誰かが中に引き入れたようで……」

――玉瑛は漣花が来たことを知っていたのだ。そのうえで、私に報せずに対処しようとしてくれていた。たぶんそれは、私の気持ちを慮ってのことだ。

妹の登場で凍えきっていた心に、わずかに温度が戻ってきた。

私には玉瑛という味方がいるのだと改めて確信する。

「そうでしたか。煩わせてごめんなさい」

やや顔色を取り戻した私に、玉瑛はホッとした様子だった。

「落ち着いた？　さすが星妃に選ばれただけはあるわね。ねえ、蘭花様。白星様がお戻りになるまでわたくしがそばにいてもいいかしら」

「……！」

ハッと顔を上げた。玉瑛が私をじっと見つめている。その瞳は〝星妃らしくありなさい〟と教えてくれていた。

――そうだ。しゃんとしなくっちゃ。

ウジウジしている場合ではない。星妃として妹に相対するべきだ。

丸まっていた背筋を伸ばし、顎を上げた。玉瑛に向かって微笑む。

「玉瑛様……お気遣いありがとうございます。よかったらお茶を召し上がっていってください。上質の茶葉が手に入ったんです」

すかさず湯を沸かすように女官たちに指示をだした。

冷静さを取り戻した私に玉瑛は嬉しげだ。

「まあ！　それは素敵ね。ご相伴にあずかることにするわ」

玉瑛は女官に椅子を用意させた。隣に腰かけて手を握ってくれる。

彼女のおかげで、妹の登場で縮こまっていた私の心はすっかりほぐれた。玉瑛の存在がなによりも心強い。

「あらあらあら。やっぱり。あの話は本当だったんですね」

妹が楽しげな声をあげた。席を立った漣花は、拱手すると深々と頭を下げる。

「はじめまして、皇后様。私は杜漣花。蘭花の妹でございます」

いささか主張が強すぎる金銀の爪飾りが、ぎらりと挑発するかのように光った。玉瑛は不愉快そうに眉をひそめる。

「やっぱりとはどういうことですか？」

険のある口調だ。敵意を隠しきれていない。私から、妹に受けた仕打ちを聞いていた玉瑛は、漣花を許せないのだろう。

ふたたび椅子に腰かけた漣花は、ニコリと笑みをたたえた。

「とあるお方から聞いたのです。星妃には保護者がいると。お節介で、気に入らない相手にはすぐに威嚇（いかく）する野良猫のような人が」

ひくり、と玉瑛の口が引きつった。扇を取りだして口もとを隠す。笑んでいるように見えるが、決して目は笑っていない。

「……まあ、下品なたとえね。それに間違っています。その〝とあるお方〟とやらにお伝えくださいね。わたくしと蘭花様は対等な立場であり――」

玉瑛は私の手を握る力を強めた。

「そして、唯一無二の友人なのです、と」

私を見つめる玉瑛の眼差しは温かい感情であふれている。この人は、本当に私を友と思ってくれているのだ。嬉しくて頬が緩んだ。

「へえ」

温かな空気に包まれかけた室内を、刃物のように冷えきった声が切り裂いた。たまらず身を竦める。漣花が、爛々と目を輝かせて私たちを見つめていたからだ。

「よかったわね、お姉様。星妃に選ばれた上に、皇后様という素敵なお友達まで！　滅多にできる経験じゃないわ。本当なら、狒々爺の妾になるはずだったのにね。後宮へ行かせてくれたお父様や私に感謝してほしいくらいだわ！」

「……感謝……？」

体よく追いだしたくせに？

怒りでどうにかなりそうだったが、努めて冷静に口を開く。

「忘れてしまったの？　私を追い詰めたのはあなたよ。婚約者を奪い、家からも居場所を奪った。私は結婚して幸せになるはずだったのに――。あなたのわがままに許可をだしていたのは父よ。……なのに感謝しろって？」

過去の嫌な思い出が蘇ってきて頭がクラクラした。だのに、まるで漣花に響いた様子はない。妹は「そうだったかしら？」と涼しい顔をして茶を飲んでいる。

「結果的に星妃になれたんだもの。別に恨みがましく言わなくてもいいじゃない」

――この子は本当に自分のことしか考えてないんだ。

悔しさがあふれてきて、固く拳を握った。私がどれだけ傷つこうが、どれだけ泣こうが……妹はまったく意に介さない。

吐き気がこみ上げてきた。後宮は……そして白星の隣は私の居場所だ。やっと見つけた場所なのに、土足で踏みにじられているようで反吐がでる。

「……帰って」

ぽつりと呟けば、妹が片眉を上げた。

「都に遊びに行くような軽い気持ちで宮城に来たんだろうけど、ここはそういう場所じゃないの。自分の居場所に帰って……！」

とても冷静じゃいられなかった。ボロボロと涙をこぼしながら叫ぶ。

「蘭花様……」

玉瑛が私の背中を優しく撫でてくれた。

同時に、凛凛をはじめとした女官たちが前に進みでたのがわかった。誰もが険しい顔をしている。彼女たちは私を守るために動いてくれたのだ。

「フ、フフ……」

すると、黙って話を聞いていた漣花が笑いだした。

「……？　あなた、なにがおかしいのかしら」

玉瑛が眉をひそめた。漣花は「だって」と愉快そうに目を細める。その瞳は玉瑛や凛凛たちに注がれていた。

「お姉様が、ここで素敵な関係を築いているのが嬉しくて」

妹の発言は一見すると美しい姉妹愛のようだ。しかし、彼女の表情がすべてを裏切っていた。

「それが私のものになるかと思うと、ゾクゾクしてたまらないの……」

ふるり、と漣花が体を震わせた。恍惚に浸るように両手で体を抱きしめる。淡く色づいた頬。もらした吐息は明らかに熱を孕んでいる。

「は……？」

玉瑛が口を開けたまま固まった。私も信じられない気持ちでいっぱいだ。

情熱的な眼差しで私を見つめた漣花は、片手を差しだしてあざとく小首を傾げた。

「お姉様。星妃のお役目、私にちょうだい？」

まるで冗談に聞こえずに己の耳を疑う。漣花は至って本気のようだ。爛々と目を輝かせ、私が頷く瞬間を今か今かと待っている。

――やっぱり。漣花は星妃の座がほしくてここに来たんだ……。

心臓を鷲掴みにされたように苦しくなった。目の前の妹の言葉が、そして思考がまったく理解できない。まるで別の生き物に相対しているようだ。

ゆっくりと息を吸って、吐いた。大丈夫。今の私は、昔とは違うのだ。

「――冗談はよして」

ピクリと漣花の眉が上がる。

「どうして？　いつだってお姉様のものは私のものだったじゃない」

「装飾品をあげるのとは話が違うの。それに、あなた結婚したんでしょう？　既婚者は星妃にはなれないのよ」

「ああ！　それを心配していたのね。問題ないわ。あの男なら捨ててやったから」

「……え？」

キョトンとしている私に、漣花はため息交じりに肩を竦めた。

「だって、とってもつまらない男だったんだもの！　あの男の価値は村長の息子っていうだけ。なんの面白みもない。顔もたいしてよくなかったしね。それに、祝言を挙げる前にお姉様が星妃になったって話が村に届いていたし――ああ！　そうそう」

ポン、と手を叩く。漣花は不満げに頬を膨らませた。

「お母様ったらひどいのよ。お姉様が星妃になるって聞いた途端、あの子は他と違った。それに比べてアンタはどうしてこうなのって……最近、冷たいのよ。本当に嫌になっちゃう。私の味方はお父様だけね。漣花は誰よりも可愛いから、いつか幸せが訪れるって慰めてくれるの」

「……お父様が」

「お母様には失望したわ。人って、相手の立場で態度を変えるのね。今回のことで思い知ったわ！」

ふう、とため息をこぼした漣花は、にんまりと笑んだ。無邪気で、なんの疑問も抱いていない顔だ。満足げに私を眺め、うっとりと頬を染めた。

「だから私が星妃になるの。偉くなれば、誰も私を軽んじたりはしないもの！　お姉様、その裙……すごく素敵ね。宝石もなんて大きいのかしら。髪もツヤツヤね。どんな油を使っているの？　きっと貴重な品なんでしょうね……！」

そして、私の額に目を留める。

「その化粧法も素敵。確か花鈿って言うんだったかしら。痣で汚れた〝傷物〟のお姉様にはもったいないわ。この宮殿も、白虎の花嫁の立場も――全部、全部私がもらってあげるから。ね？」

「〜〜〜〜ッ！」

怒りに任せて立ち上がる。卓が揺れて茶がこぼれた。

「戯言も大概にして。すべてがあなたのものになると思ったら大間違いよ……！」

唾を飛ばして叫ぶ。だが、妹は奇妙なほど笑みを絶やさない。

「あら、そうかしら。冷静に考えてみて？　どうして星妃になれるのが自分だけだと思っているの？」

「え……？」

「別にお姉様でなくとも構わないんじゃないかしら！　あの時もそうだったでしょう。

隣村の彼の婚約者は、お姉様じゃなくてもよかった。必要なのは星妃という巫女よ。だったら私でもいいと思わない？　すべては白虎次第よ！」

妹の言葉に、私は勢いよくかぶりを振った。

「……白虎次第だというならなおさらよ」

「へえ？」

「私と白星様は愛し合っている。私が必要だと、そばにいてくれると何度も言ってくれたもの！　だから私を選んでくれたの……！」

「そうかしら？　私だって子どもじゃないもの。自分が無茶なことを言ってるってわかってる。でもね、根拠があるからここに来たのよ？」

「こ、根拠？」

ニタリと妹の目が歪んだ。

「ねえ、聞いたわ。星妃って後宮で最も美しい人が選ばれるそうね。でも、お姉様ってちっとも美人じゃないわ。貧相だし肌は黒いし……。それに、どんなに化粧をしても額の痣を消すことはできないの。〝傷物〟は〝傷物〟よ！」

真っ赤に染まった口の端が吊り上がる。瞳には明らかに嘲りの色が浮かんでいた。

「愚鈍なお姉様でもさすがにわかるでしょう？　お姉様なんかより私の方がいいに決まってる。体の手入れは入念にしているのよ！　最高の抱き心地だって評判なんだから。……ねえ。もう白虎様と寝たんでしょう？」

「な、なにを」

「白虎様、あなたを抱いた時にがっかりしてなかった？　ペラペラの木切れみたいで、眠れなかったんじゃないかしら。可哀想〜！　私だったら満足させてあげられるのに」

べらべらしゃべる妹の言葉を遮ることすらできなかった。

「だ、抱く……？」

だって、あまりにも明け透けで。思考がついていかない。

「……あら？」

真っ赤になっている私を見つめ、妹は面白そうに口もとを緩めた。

「あらら〜。やだ。そんな、まさかよね？　お姉様……」

立ち上がって近寄ってくる。まじまじと私を眺めると、

「まだ寝てなかったりする？」

ニタリと意地悪く嗤った。

「……ッ！」

顔を引きつらせた私に、妹はすべて悟ったらしい。

「嘘。本当に？　笑っちゃうわ！　星妃になって結構経つのに……それだけ、お姉様に魅力がないってことよねえ!!」

妹はふたたび私に手を差しだすと、こてんとあざとく首を傾げた。

「私に星妃の座を譲ってくれるわよね？　白虎様に会わせてほしいの。きっと守護神様も私の方がいいとおっしゃってくれるはず。だって可哀想よ！　神様に毎晩ひとり寝させるなんて——とっても残酷な仕打ちだわ！」

「——あなた、冗談がすぎるんじゃないかしら」

途端、玉瑛が勢いよく扇を閉じた。憎々しげに漣花を睨みつける。

「夢見がちなのも考えものね。誰か！　お客様がお帰りよ！」

瞬く間に、女官が漣花の両脇をがっちり固めた。有無を言わさぬまま立ち上がらせる。玉瑛は、吐き捨てるかのように女官たちへ言いつけた。

「門の外に捨ててきなさい。星妃の親族は訪ねてこなかった。いいですね？」

「かしこまりました」

「二度と不届き者が入ってこないように、後宮の警備を見直しなさい。それと、この女の手引きをした人間をあぶりだして。厳罰を与えなければ……」

「至急、手配を整えます」

玉瑛と女官のやり取りに、漣花は泡を食った様子だ。

「なっ……！　どういうことよっ！　お姉様のものは私のものなのよっ！　昔からずっと、ずっとそうだった！　だから星妃の座は私のものなの……！」

「黙ってくれる？　耳障りだわ」

玉瑛が真冬のように冷えきった声をだすと、漣花がビクッと身を竦めた。ツカツカと漣花の前に歩み寄る。扇で妹の顎を持ち上げると、憎々しげに睨みつけた。

「狭い世界で生きてきたのね。自分のわがままが絶対に通るとでも信じているの？　たとえ今まではそうだったとしても、ここで通用するとは思わないで。それと――」

ジロリと玉瑛が睥睨する。

「――今度、あなたの抱き心地が最高だと言った男性たちの話を聞かせてくれる？　よほど経験豊富なようだから、わたくしとっても興味があるの」

「……あ。いや、それは」

「さあ、連れていって！」

「やっ……なんでよ!?　離してっ……!!」

漣花が女官たちに連行されていく。

呆然と立ち尽くしている私に、玉瑛がそっと寄り添ってくれた。

「蘭花様、大丈夫ですか？　あんな女の言葉、まともに取り合う必要なんてありませんよ。それとも、なにか気になることでも……？」

宙に視線をさまよわせる。

確かに妹の言葉は、戯言以外の何物でもなかった。だけど――一点だけ、私にとって冷静でいられない部分があったのだ。

「玉瑛様……私が星妃になってから、もう結構経ちましたよね……？」

「え、ええ。そうね。あなたはよくやっていると思うわ」

「……一度もないんです」

「え？」

「実は、まだ一度も夜のお渡りがなくて……」

涙で視界が滲んで玉瑛の顔が見えなくなった。

夕餉を共にしても、私の寝室に白星が足を踏み入れることは決してない。

星妃になったばかりの時は、特に気にしていなかった。新しい環境に慣れるのに精一杯で、そこまで考える余裕がまるでなかったのだ。

だけど、星妃として過ごす時間が増えれば増えるほど、彼と過ごす時間が長くなればなるほど——私以外の温もりを残さない褥に違和感が拭えなくなってしまった。

私は白星に愛されている。それは間違いないと感じている。

だけど——。

気軽に触れてはくるけれど、白星は決定的な場所に踏み込んでこない。

それがなにより寂しくて。つらくて。

私を必要だと言ってくれた彼の言葉に嘘はないはずだ。きっとなにか考えがあるのだろうとも思う。きっとそうだ。なんの理由もなく彼が私を放置するはずがない。私は白星を信じている。信じて——いたい。

だけど、確証が得られずに私の心は宙ぶらりんのまま不安定に揺れていた。

＊

「蘭花はどこだっ……！」

国境を脅かす屍どもを蹴散らした俺は、休む間もなく都へ戻ってきていた。

すでにとっぷりと日が暮れている。本当はすぐにでも帰りたかった。だが、民を脅かす奴らを放って置くわけにもいかなかったのだ。

——どうして俺はいつもいつもっ……！　蘭花が大変な時にそばにいないんだ！

七星宮に駆け込み、近くにいた女官に声をかける。

「びゃ、白虎様……!?　あの、その、それが……」

女官はオロオロとするばかりで要領を得ない。凜凜を探して視線を巡らせれば、突然誰かが俺の行く手を遮った。

「……白星様。一体どういうことですか!?」

それは怒りを露わにした玉瑛だ。腰に手を当てて爛々と目を光らせている。

「なんだ、どうしたんだ。それよりも蘭花は無事なのか⁉」

かつて散々虐げられた相手の登場に、繊細な蘭花はきっと傷ついているはずだ。

玉瑛はゆるゆるとかぶりを振ると「無事ですよ」とため息をこぼす。ジロリと俺を睨みつけ、ただならぬ様子で近寄ってきた。

「白星様は女をなんだと思っているのです？」

「女……？」

首を傾げた俺に、盛大に顔をしかめた。

「どんなに口で〝愛している〟〝お前が必要だ〟とうそぶいたとしても、それを芯から理解できなければ、女は不安なのです。それも、自分の立場を大勢が狙っているのならなおさら！　誰よりも愛されているという確信がほしい……！」

玉瑛は俺に詰め寄ると、胸ぐらを掴んですごんだ。

「どうして抱いてあげないのです？　それだけで蘭花様は安心できるのに！」

「……それは」

言葉に詰まった。玉瑛の手を振り払って歯を食いしばった。

俺にだって男らしい衝動はある。

無邪気に笑う彼女を、寂しげに俯く彼女を、一晩中抱きしめていたいと何度思ったことか。だが――そう簡単にはいかない。過去がそうさせてくれなかったのだ。

黙ってしまった俺に、玉瑛は長く息を吐いた。

「なにか事情がおありなのですね。勝手なことを言って申し訳ございません」

俺は眉をひそめた。玉瑛の瞳が濡れていたからだ。

「ならば、きちんと説明してあげてくださいませんか。蘭花様を慰めてやってくださ
い。彼女は深く傷つきました。あの不埒者(ふらちもの)のせいで――いいえ。背後に誰がいるのか
探ろうと、あの者の横暴な振る舞いを静観していたわたくしのせいで！」

わっと泣きだして顔を覆う。

「お友達だと言ったのに！　あの時、すぐに話を遮っていれば……。ああ！　どうし
てわたくしは――」

泣きだした玉瑛の背中をおつきの女官がさすってやっている。

――これほどまで、玉瑛の中で蘭花の存在が大きくなっていたのか。

驚くと同時に納得もした。

蘭花は――今も昔も、誰かの心に寄り添って癒やすのがうまい。

「わかった」

力強く頷き、遠くを見遣る。

「蘭花はどこにいる？」

淡々と訊ねれば、涙で濡れた顔を上げた玉瑛が言った。

「ここにはおりません。ですが……白星様ならどこにいるかおわかりでしょう？」

それを聞いた瞬間、俺は虎の姿に変じて駆けだした。

目指したのは――蘭花と心を通わせたあの場所だ。

＊

夏の盛りを過ぎ、秋を迎えた竹林は青々しさを失っていた。枯れた葉が絶え間なくふりそそぎ、冬を前に生涯を終えた竹が何本も横たわっている。冷たい秋風が吹き込み、轟々と唸るような葉擦れの音が鼓膜を震わせていた。なんとも寂寥感あふれる光景に、既視感を覚えつつもはっきりと思いだせずにいる。

ぽつん、と竹林の中にひとり佇んだ私は、葉の間からこぼれるわずかな星明かりを眺めていた。頭の中には、かつて白星が奏でた笛の音が鳴り響いている。この場所で彼と想いを通わせたのが遠い昔のようだ。

「――蘭花！」

肩を掴まれて振り向けば、そこに愛おしい人がいた。

――そうだ。故郷にいた頃、夢で見た光景と一緒だ。

夢とは違い、白星は人の形をしているけれど。

白星は焦ったような顔をして私を見つめていた。柔らかく笑んで彼に向き合う。

「お仕事は終わったんですか？」

「あ、ああ。それより、漣花が現れたと聞いたんだが」

「大丈夫ですよ。相変わらず、妹の世界は自分中心に回ってるみたいでした。確かに腹は立ちましたけど――あの子が、私に成り代わって星妃になるなんて現実的じゃないですしね」

だから問題ないと告げれば、白星は安堵したようだった。

――……ああ。駄目だ。

白星に背を向けた。今は彼の顔を見ているのがつらい。

星妃になりたての頃は、白星がそばにいてくれるだけで満足だった。

優しく微笑まれるだけで胸が高鳴った。触れられるだけで満たされていた。

――幸せだった。

どん底から抜けだせたのだと、それだけで充分だと思っていたのに。

私は変わってしまった。

彼に愛を囁かれるたび、もっと、もっとと思うようになってしまった。

そばにいるだけじゃ、触れるだけじゃ足りない。白星に愛されているという証がほしい――。じゃないと、私の心はすぐに淀んでしまう。自分の容姿が鱗昭儀ほど優れていないからとか、妹のように白い肌をしていないからとか……よくない方向に思考が偏ってしまう。まるで自分に価値がないように思えて仕方がない。

——なんて欲張りなんだろう。白星は守護神で、民のために日々頑張っている。だから、私だけに構っているわけにはいかないのは理解している。私は星妃なのだから我慢するべきだ。だけど——。

それでも体の深い部分で繋がりたい。

彼の愛情を生まれたままの姿で感じたかった。

「蘭花」

後ろから抱きしめられ、思わず息を呑む。

白星の体温を感じて、きゅうと心臓が悲鳴をあげた。

「——俺だって蘭花を抱きたい」

「えっ……」

驚いて振り向けば、白星の唇が私のそれを塞いだ。何度も、何度も——まるで貪るように唇を食む。彼の吐息を間近で感じた。大きな手が私の頬を包み込んでいる。

私、白星と——口づけをしている。

「んんっ……！」

うまく息ができなくて、思わず声をあげた。

「……悪い」

白星はゆっくりと唇を離すと、私をじっと見つめた。透き通った碧色の瞳の奥に、欲にまみれた熱を見つけた気がして体が火照(ほて)ってくる。

白星はため息をこぼすと、コツンと私の額に自分のそれをぶつけた。

「……少し待っていてほしいんだ。決着をつけなければならない奴がいる」

息を呑んだ。声が震えそうになりながら訊ねる。

「それは、私のためですか？」

「ああ。確信がほしいんだ。絶対に……お前を幸せにできる確信が」

「確信……」

白星の態度に私は疑問を持った。神である白星は強大な力を持っている。彼を害せる存在は多くない。だのに、あまりにも慎重すぎやしないだろうか。

「もしかして、過去になにかあったんですか？」

私の言葉に、白星は苦しげな顔になった。

「ときおり、白星様は遠い昔から私を知っているんじゃないかと感じる時があります。出会ったのは、まぎれもなくこの竹林のはずなのに——」

風に吹かれた竹林がざわめいている。ざざ、ざざざざ、と葉が騒ぐ音は、まるで私の心を表しているようだ。

「遠い……私が知り得ないほど遠い昔に、なにかあったんですね？」

まるで根拠のない妄想。だけど不思議と正しい気がしていた。

白星は物憂げに瞼を伏せた。

「そうだ。確かに千年前の出来事に関係している。だが……」

白星の視線が宙に泳いだ。なにか迷っているらしい。

「私に話せないような内容ですか？」

そっと訊ねれば、白星が眉尻を下げたのがわかった。

「話せない、ことはない。だが、お前は知らなくてもいいと考えていた」

「どうしてです？」

「前世の話だからだ」

驚きのあまり目を見開く。

「ぜん、せ……ですか。今の私が生まれる前……？」

「それよりも、もっともっと前だ。楽しい内容ばかりじゃない。つらい事実だってある。……それでも知りたいか？」

どこか気弱な問いかけに、私はこくりと頷いた。

「はい。これからも白星様のそばにいるためには、必要な知識だと思うんです」

「……わかった」

瞳を滲ませた白星は、ふたたび私の頬を両手で包み込んだ。コツン、と額をぶつける。そして瞼を伏せると——。

「前にも話しただろう？　かつての俺は、いつだって己の中の正義にしか耳を貸さず、自分がどう見られているかや、相手の苦しみや悲しみを理解しようともしなかったんだ。——そんな俺に、優しい〝温度〟を分けてくれたのはお前だった。蘭花、お前はかつて別の姿を持っていたんだ。あの頃のお前を、俺はこう呼んでいた」

ざざ、ざざざざざ。白星の言葉に応えるように、竹の葉が大きく騒いでいる。

「——ウサギ、と」

瞬間、私の頭の中に怒濤の記憶が流れ込んできた。

千年前。私は小さな獣だった。

特別な力はなにもない。か弱い——肉食獣や猛禽類に怯えて暮らす雪ウサギ。

無邪気で踊ることが大好きだった。大勢の兄弟の中でも活発な方だったと思う。

だけどウサギはウサギ。野山を駆け、草を食む。それだけの生活。

そんな私に転機が訪れたのは、夏毛が抜け落ち、冬毛に衣替えした頃だった。

突然、母に捨てられたのだ。

「アンタがいると家族みんなが狙われる。二度と顔を見せないで」

母は、そう冷たく言い残して吹雪の中を去っていった。

なにがなんだかわからなかった。

つい先日までは、仲よく暮らしていたのに――どうして？

理由がわかったのは、小さな池に行った時だ。水面を覗き込んで気がついた。私の額に夏毛が残っていたのだ。母や兄弟と同じ純白の冬毛の中に、茶色い夏毛が生え替わらずにあった。雪ウサギは脆弱な生き物だ。冬毛は敵を欺くための鎧。だのに、茶色い毛が残っていれば容易に敵に見つかってしまう。

――だからお母さんは私を捨てたんだ。みんなを生かすために。

頭では理解できた。だけど――斬り捨てられた事実を納得できるはずもない。

額に残った茶色い毛が憎かった。これがなければ、私は捨てられることもなかったのにと嘆き悲しむ。だけど、いくら悔やんだっていなくなった母は戻ってこない。次第になにも考えられなくなって、呆然と日々を過ごした。

そんな時だ。摩訶不思議な力で捕らえられてしまったのは。

見えない手に捕らわれ、巨大な檻の中に放り込まれる。私の他にも大勢の草食獣が同じ目に遭った。どうやら、檻の中に捕らわれた獣の餌に選ばれたらしい。

檻の中には荒涼とした景色が広がっていた。大樹が一本あるだけで、あとはまばらに草が生えているだけ。隠れる場所はまったくない。おかげで、私以外の獣はあっという間に食べられてしまった。

私はというと、小さな体をしていたのが幸いした。草むらに転がった草食獣の頭蓋骨の下で息を潜めていたら、見つからないで済んだのだ。

「……うう。怖いよお」

とはいえ、いつ食べられるかわからない状況なのは変わりない。

そっと状況を窺っていると、いろいろわかってきた。

檻の主は白虎だ。かつて人間の世界を荒らし回ったという暴れん坊の神様。あまりにも乱暴が過ぎたから、罰として檻に閉じ込められたらしい。

彼のもとには、たびたび他の神がやってきた。

「……君はどこまでも寂しい生き物だね」

理知的な話し方をするその人物を、白虎は青龍と呼んだ。足しげく通っては、白虎を説得しているようだ。

「いい加減、考えを改めるべきだ。神となったからには相応の義務がある」

青龍の言葉はまっとうに思えた。だけど、白虎は歯牙にもかけない。

「俺は虎だ！　虎が獲物を殺してなにが悪い！　そして俺は神でもある。他の虎とは一線を画す存在なのだから、他の奴らよりも多くの血肉を喰らうのは当然だ！」

自分勝手なことばかり言う白虎に、青龍は呆れ気味だった。

「神は、誰かに〝祝福〟を届ける存在でなければならない。君が与えるのは〝死〟や〝殺戮〟ばかりだ。ごらんよ、この草原はまさに君の心を映している。果樹はおろか、花すらない。得られる糧は少なく、生きることすら難しい。力が支配する世界そのものだ。すべてを殺してしまっては、己を知る存在すら失われる。神は忘れられたら終わりだ。自滅するんだよ。わかっているのかい？」

「……それくらい」

わかっていると口ごもる白虎に、青龍は「本当に？」と訝しげだ。

「君は四神の中で最も年若い。だから自覚が足りないし、姿も獣のままだ。人の形がとれない神は少し強い獣となんら変わらない」

青龍は深く嘆息した。困ったように笑う。

「君も四神の端くれだ。我らの評判にも関わる。理解してもらわねば困るんだよ」

「結局は自分のためか。帰れ。お前の話など聞きたくない！」

舌打ちと共に吐き捨てた白虎に、青龍は肩を竦めた。

ふたりの会話はいつも堂々巡りで終わった。

欲望の赴くまま生きたい白虎と、彼を一端の神にしてあげたい青龍。

端から見ていると、青龍がとても親切なのがわかる。だけど、頑として白虎は受け入れない。まったく強情な奴だと呆れる。

頭蓋骨の中を巣と決めて、しばらく白虎の様子を探ってみた。

それでわかったことがある。

白虎は虎らしく凶暴で気高い。そして——孤独だった。

檻に繋がれている白虎のもとを訪れるのは、青龍の他に鴉とかいう化け物だけだ。

——家族はいないのかな。

それらしい姿はどこにもいない。友人がいるかすら怪しい。

「やあ！ 遊びに来たよ、囚われの仔猫ちゃん！ 今日も無様に繋がれてるねえ。どうだい、楽しい？ ねえ、楽しいかって聞いてるんだよ！」

鴉という化け物とは、親しい間柄だとは思えなかった。言葉の端々から、白虎を馬鹿にしている雰囲気を感じる。だのに、白虎は鴉の話を黙って聞いてやっていた。侮辱的な言葉を投げつけられても怒りすらしない。ただただ、誰かがそばにいる事実を噛みしめている……そんな感じがした。

——寂しそうな神様……。

白虎の第一印象はそれだった。

やがて、檻の中にも本格的な冬が訪れた。

曇天から絶え間なく雪が落ちてくる。鼻先が凍りそうなほど空気は冷え込んで、世界は白一色に塗りつぶされてしまった。

特に寒さを苦に思わない私は、頭蓋骨の中に枯れ草を敷き詰めて、冬が明けるのを待っていた。だが、寒さに強い私とは違い白虎は苦しんでいるようだ。

「檻からだしてくれ。もう嫌だ。嫌なんだ！　こんなところ……」

必死な形相で青龍に訴えかける。しかし、青龍は決して白虎を檻からだそうとはしなかった。いつもどおりの不思議な笑みをたたえたまま、なにかを悟ったような口ぶりで滔々と語る。

「これは君に科せられた罰だ。だすわけにはいかないよ」

「だが、このままじゃ凍え死んでしまう！　俺を殺すつもりか！」

「場合によってはそうなるかもね。こんなにもここが寒いのは僕のせいではないよ。君のせいだ。君の心が冬のようだから――すべてが凍てつくほど冷え込んでいる」

「どういう意味だ……？」

青龍の言葉を白虎もうまく呑み込めないようだ。青龍は笑顔で続けた。

「前にも言っただろう。この景色は君の心を映している。檻の中とはいえ、ここは君の〝庭〟のようなものだ。〝庭〟はそこに住む者の心を映すんだよ。……ああ、まったくもってひどい光景だね。なにもなくて空っぽだ。みずみずしい果実や、美しい花々があれば違っただろうに。本当に……寂しい眺めだ。これが君の本質なのだろう」

「……！」

青龍はさらに続けた。

「いいことを教えてあげよう。君の心に春が来れば、すぐに寒さとおさらばできる」

「春……？」

「そう！　春だ。暖かく、優しい。目覚めの季節だ」

ニコリと笑んだ青龍に、白虎は恐る恐る訊ねた。

「春が来なければどうなる？」

「芯から凍えて雪の下に埋もれるだけさ」

「俺に死ねというのか！　いいからここからだせ！」

全身の毛を膨らませ、鋭い牙を剥きだしにする。しかし、青龍は白虎の脅しに耳を貸そうともしなかった。どこかのんびりとした様子で笑みを浮かべている。

「春はいいよ。心に春を呼び込むには、一緒に雪解けを待ってくれる相手を作るといい。そうすれば、自然と心が華やぐだろう？　簡単なことだよ」

歌うように告げられた青龍の言葉に、白虎はうなだれてしまった。

「すべてを殺してきた俺のそばにいてくれる奴などいない。春は絶対に来ない。だからだしてくれ。俺が凍えて死んでしまう前に」

「……！」

　すると、周囲の光景がみるみる変化していくのがわかった。

　大樹が枯れ始め、雪から顔を覗かせていた葉は色褪せてしまった。太陽は顔を隠し、星々は消え失せ、月が弱々しく地上を照らしているだけだ。しん、と辺りは静まり返り、乾いた風が吹き抜けるだけ。寒々しい。本当に心が凍える光景だった。

　どうやら青龍の言葉は本当のようだ。

　周囲の光景が、絶望した白虎の心を写し取っている。

「……諦めるのはさすがに早くないかい？」

　青龍が呆れ気味に呟いた。

　――このまま白虎は死んじゃうのかな……。

　なんとも言えない感情が去来して、白虎をじっと眺めた。

　――さっきの青龍の話。あれって、ひとりぼっちだと春は来ないってこと……？

　ならきっと、母に置いていかれた私にも春は来ない。私もいずれは――白虎のように凍えて死んでしまうのだろうか。

「……嫌だ」

　恐ろしくなって、現実から逃げだしたくなる。

「嫌だ。嫌だ――ひとりぼっちは嫌だ……」

　底知れない不安を抱え、私は小さく縮こまった。

「なにも意地悪を言っているわけではないんだ。——僕はね、いつだって君の世界が鮮やかに変わる瞬間を願っているよ」

暗闇の中で、白虎を説得し続ける青龍の言葉が意味深にこだましていた。


「寒い……」

太陽が消え失せた世界は、以前にも増して冷え込んだ。雪ウサギの私すら震えるほどだ。光が差さない大地はカチコチに凍りついて、雪の下から草を掘り返すのすら苦労させられた。それもこれも、すべて白虎のせいだ。

「………」

死を覚悟したのか、白虎は大樹のたもとで横たわったまま動かない。

定期的に草食獣が檻の中に投げ込まれるものの、狩りにでる気力もないらしい。飲まず食わずの白虎は、ただひたすら安らかな最期を待っているようだった。

半分凍っている草を食みながら、ひとりぼんやりと物思いにふける。

「……春ってどんなだったっけ……」

初めての冬を迎えたばかりの私は、まだ雪解けの季節を知らない。

——生まれた季節は春のはずなんだけどなあ。

覚えているのは、眩いほどに川面が光っていたこと。緑のみずみずしさ。春の日差しに温められた、母の毛並みの温もり――。

「お母さん」

ぽつりと呟いて、ぺたんと耳を伏せた。

「……寂しい」

兄弟や母とくっついて過ごした日々が懐かしい。

――誰かの温もりがほしい……。

そっと、頭蓋骨の隙間から白虎の様子を窺った。死んだようにピクリともしない。よくよく目を凝らせば、お腹が上下しているのがわかった。生きてはいるらしい。もしかして眠っているのだろうか。

そろそろと頭蓋骨からでた。足音がしないように細心の注意を払って進む。近寄ってみると、白虎は本当に巨大だった。大きな口！　私くらいなら丸呑みできそうだ。ゆっくり慎重に歩みを進める。やがて眼前に白虎のお腹が見えてきた。

「……おじゃまします」

ぴったりくっついて座った。

「ふわあ」

久しぶりに感じた他人の温度に思わず声がでた。

――温かい。泣きたいくらいだ。

あまりの心地よさに、ゆっくりと目を瞑った。もしかしたら白虎に食べられるかもしれない。そんな考えが頭をよぎるが、正直どうでもよかった。

ひとりぼっちでいるよりは。寂しさで心が凍えてしまうよりは——誰かに食べられてしまう方が、よっぽどマシだと思ったのだ。


「……なにをしている？」

「ぴっ！」

気づかないうちに眠っていたらしい。

突然、耳もとで声がしたので、文字どおり飛び上がってしまった。慌てたせいで足を滑らせた。雪の上をゴロンゴロン転がって、全身雪まみれになってしまう。

「あ、あははは……。どうも……」

雪だるまになりかけながら曖昧(あいまい)に挨拶をした。突然現れた私という存在にも、白虎はまるで動じた様子はない。しまいにはそっぽを向いてしまった。

「……食べないの？」

飲まず食わずの白虎は飢えているはずだ。しかし、彼は「喰わない」と即答した。

「変なの。お母さんから、虎はウサギを食べるものだって聞いたよ？」

「俺が知ったことか。なんだ、喰われたいのか」

白虎が牙を剥きだしにする。普通ならそれこそ脱兎のごとく逃げだすだろう。でも、ひとりぼっちである事実に打ちひしがれていた私は、投げやりに答えるだけだ。

「どっちでもいいよ。お母さんが言ってた。全力で逃げて、それでも駄目だった時は潔く覚悟を決めなさいって……今は、逃げるつもりもないし」

ひく、と口が引きつった。

お母さん。お母さん。お母さん。

私の口からでてくるのは、いつでも母のことばかり。

私の世界の中心はお母さんだった。なら、お母さんに捨てられた私は――。

「どうして泣く」

うんざりしたように白虎が呟いた。

「仲間はどうした。ウサギは群れるものだろう」

白虎の問いかけにふるふると首を振った。

「私、ひとりぼっちなんだ」

静かな瞳で私を見つめる白虎に、努めて明るい口調で説明する。

「茶色い毛があるから――みんなを危険に遭わせるからって捨てられたの」

途端、心に隙間風が吹き込んできたように寒くなった。ぽてぽてと白虎に近づく。

相手は天敵である肉食獣だ。できれば近づかない方がいいのはわかっている。だけど、すべてがどうでもよくなっていた。

「……ねえ。君はどうしてひとりなの？」

「…………」

しばらく白虎は無言だった。無視されてしまうのかとも思ったが、やがてポツポツと語りだす。

「俺は、目の前にある獣をどう喰らってやろうか、どういたぶってやろうかとそればかり考えて生きてきた。別に神になりたかったわけじゃない。獲物の血肉さえ喰らえれば、それで満足だったんだ。……こんな奴のそばに誰がいたいと思う？」

「わあ。確かに。気を抜いたらお尻をかじられそうだもの」

「誰が尻などかじるか。やるなら首だろう」

「だねえ。その方が確実に仕留められる！」

なるほどなー！と声をあげれば、なんだか白虎は困惑した様子だった。

どうしたんだろう、と不思議に思いながら続けて問いかける。

「ねえ、ずっと食べてないんでしょう？ 私は恰好の獲物だと思うんだけどなあ」

「……喰ったら、無駄に命をながらえさせるだけだろう？ そのうち死ぬとわかっているのなら、苦しみはなるべく短い方がいい」

「そっか！ 絶対に春は来ないって言ってたもんね」

白虎が目を見開いた。

「お前、聞いていたのか」

「うん。盗み聞きしたわけじゃないよ。聞こえちゃったんだ」

もそもそ移動して白虎のお腹にくっつく。

「おい……」

白虎が抗議の声をあげるがお構いなしだ。

「ごめんね。君のお腹……とっても温かいから」

「温かい？　俺が？」

私の言葉に白虎は困惑しているようだった。

「俺自身は凍えて死にそうなのに？」

「確かに変だね？　でも君が温かいのは間違いないよ！　だって、うっかり眠っちゃったくらいだもの！」

ひげをピクピク動かす。白虎はなんだか渋い顔をしている。

「私ね、誰かとくっついてないとうまく眠れないんだ。夜に誰もそばにいないのは嫌なの。暗闇が怖いよ。誰かが私を狙っているんじゃないかって落ち着かない」

ぽてん、と白虎のお腹に顔を乗せた。

お母さんのお腹よりもちょっぴり硬めだ。……だけど、同じ温もりがする。

「ひとりぼっちは嫌だよねえ。寂しいと死んじゃいそうになる」

「…………」

白虎から伝わる温度は相変わらずとても心地よかった。

思えば、母に捨てられてからまともに眠っていなかった。強烈な眠気に襲われて、瞼が重くて仕方がない。眠い目をこすりながら話を続ける。

「ねえ、誰かと一緒にいたら春が来るかもしれないんだっけ……」

「そうだ」

「ならさ。君さえよければ私をそばに置いてよ。居場所がほしい」

私の提案に白虎は一瞬だけ押し黙った。

「春が来たら、用済みだとお前を食い散らかすかもしれないぞ」

なんとも物騒な話だった。相手は凶暴な白虎だし、いかにもありえそうだ。だけど、私はそれでもよかった。

「うん。別に構わないよ。きっと私は次の冬を越えられないだろうから」

純白の毛に残った茶色い黴が、私の居場所を敵に報せてしまうだろう。なら、今だけでも誰かの温もりを感じていたかった。

「気に入らなかったら食べてくれていいから。非常食だとでも思って……」

ふわ、と大きくあくびをする。眠気に耐えられず、とうとう目を閉じてしまった。

「…………」

さすがにずうずうしかっただろうか。

もしかして、今すぐに食べられてしまうかなあ。

そんなふうにも思ったが、不思議と痛みは襲ってこず――ふたたびぐっすり眠りこけた私は、翌朝、白虎の白けた視線に晒されることになる。

「……信じられん」

なぜなら、へそを天に向けて豪快に眠っていたからだ。

＊

「あの時は本当に驚いた」

「わ、忘れてくださいっ……！」

「無理だな。お前と出会った大切な記憶だ」

真っ赤になって白星の腕を叩く。

ウサギの記憶を思いだした私は、白星と共に当時について語らっていた。

自分は確かにウサギだった。人間としての記憶があるのに、それに加えてウサギとしての記憶があるなんて、なんだか不思議な気分だ。

「あの時、白星様が提案を受け入れてくれて嬉しかった。心細くて、冗談じゃなく死にそうな気分だったんです」

「……そうか」

ぽつりと呟いた白星は、やがて苦々しい顔になった。

「だが……当時の俺の頭の中は、打算でいっぱいだった」

申し訳なさそうに眉尻を下げた白星にくすりと笑う。

「知ってましたよ」

「……な⁉」

驚いた様子の白星に、私はニコニコ笑って続けた。

「だって、時々私を食べたそうに見つめていたじゃないですか。肉食獣としてはごくごく当たり前ですけど——すごく我慢してるのはわかってました」

するりと白星の大きな手に指を絡ませた。私よりも二回りも大きな手。伝わってくる温もりに、心から安心する。

「でも、私を食べなかったじゃないですか。春を呼び込むためかもしれないけど、私をそばに置いてくれた。白星様の温もりに、どれだけ救われたかわかりますか？」

無意識に涙がこぼれた。

ああ、ウサギの記憶を辿るほど、目の前の人への愛情が強く、確かになっていく。

「白星様は何度だって私を救ってくれる。あなたと出会えてよかった」

ふわりと笑んだ私に、白星はゆるゆるとかぶりを振った。親指の腹で私の涙を拭うと、どこか弱々しく笑う。

「救われたのはお前だけじゃない。俺もそうだった」

小さく息を吐いて空を見上げる。

「確かに最初は利用しようと思っていた。愚かな獣だと、心の中で嘲りすらしたんだ。だけど、お前はいつだって無邪気で……」

『虎さん。おはよう。おはよう！』

『……おはよう』

白星にとってウサギである私との生活は新鮮だったらしい。

雪の上でぴょんぴょんとウサギが跳ねる。

『見て見て、春よ来い～って踊り！』

あの頃の私も、今と同じく踊りが大好きだった。なにかあるとすぐに体を動かし始める。白星から見て、真っ白な雪にたくさんの足跡をつけては、ふわふわの体で跳ね回る私の姿は無邪気そのものだったろう。

『ああ。伴奏があればもっとうまく踊れるのにな』

『伴奏？』

『うん！　お母さんといた時は、友達の鳥さんが歌ってくれたんだ……』

とはいえ、私にだって陰がなかったわけじゃない。ふとしたきっかけで母を思いだしてつらくなった。だけどそれは一瞬だけだ。

『ねえ、君も一緒に踊ろうよ！』

私のそばには白虎がいてくれる。その事実がいつだって私に元気をくれた。

そんな私の振る舞いは白星への救いにもなっていたようだ。

すべてを壊し、喰らい尽くしてきた白星にとって、誰かと穏やかに過ごす経験なんて滅多になかった。彼の前に存在するのは、いつだって温もりが失われた骸。がらんどうの瞳は彼を見つめたりはしないし、笑いかけてもくれない。誰かと些細なことで喧嘩したり、一緒に雪を眺めたり、互いの温もりを頼りに夜を越えたりすることは――白虎にとっては初めての体験だったのだ。

「無防備なウサギを食べるのはいつだってできた。だけど、俺はどうしてもそれができないでいた。お前から伝わってくる〝熱〟がそうさせてくれなかったんだ。柔らかくてどこまでも優しい。いつまでも触れていたいと思う〝熱〟。それがあると、俺はよく眠れた。真冬の檻の中は凍えそうなほど寒くはあったが、ウサギがいると体が震えなかった。太陽を抱いて眠るように、深く、深く眠れたんだ」

それだけじゃない、と白星は語った。

ウサギと言葉を交わしているだけで、胸のうちから温かいなにかが滲んでくるのがわかる。もどかしく、胸を焦がすような——なにか。それは固く閉ざしていた白星の心を解きほぐし、ひどく寛容にさせていた。

『ねえねえねえ！　虎さん！　今日はなにして遊ぼうか……！』

『うるさい。少しは静かにできないのか。……まったくお前という奴は』

笑い合って、語り合って……身を寄せ合って。

少し前まで、私たちはまったく互いを知らなかった。

むしろ喰うか喰われるかの関係だ。仲よくするなんて絶対に考えられなかった。

だけど、歩み寄ってみてわかったことがある。

私たちはどうしようもないほど〝ひとりぼっち〟だった。ひとりは寂しいのだ。ひとりは虚しくもあった。ずっとひとりでいたら——心が死んでしまう。

〝ひとりぼっち〟な白虎とウサギ。二匹は、ふたりになった。

誰かの温もりを知ってしまった私たちは、二度と離れがたいと感じるほどに、新しい関係を心地よく思うようになっていたのだ。

白星を見つめて私は言った。

「気がついたら、私は孤独な白虎が誰よりも大好きになっていました」

白星は私を見つめて言った。

「気がついたら、俺は小さなウサギに愛着を持ち始めていた」

寄り添い、手を握った。指と指を絡めて、二度と離さないで済むようにする。

「無意識に、互いが互いを特別に思うようになっていましたよね。それを確信したのは、青龍がふたたび顔を見せた時でした」

＊

「おやおや。ずいぶんと穏やかな顔になったね」

ある日のことだ。青龍が私たちに言った。ぴったりと身を寄せ合う私と白虎をしげしげと眺め、嬉しそうに笑みを浮かべる。

「君が選んだ相手がウサギとはね。白虎が本当の神に至る日も近いようだ」

「……どういう意味？」

青龍の言葉は難解だった。思わず首を捻(ひね)れば、青龍は上機嫌な様子で続けた。

「別にわからなくてもいいさ。──ああ、そうだ。今日はね、春を届けに来たんだ」

「……春？　と、とうとう春が来るのか!?」

興奮気味に白虎が立ち上がった。

青龍が懐から横笛を取りだす。なんの変哲もない横笛だ。

「そうだよ。君が心から待ち焦がれた春だ。ねえ、覚えているだろう？　檻の中の光景はね、白虎である君の心を映しているんだ――その子と出会った君の世界は、どれくらい鮮やかになっているのかな」

――ひゅるり。

おもむろに笛に息を吹き込む。涼やかな笛の音が辺りに広がったかと思うと――。

「……！」

おぼろげな月が浮かぶだけだった空の向こうから、わずかに赤光が差してきた。

「わあ……！」

思わず歓声をあげる。

地平線がみるみるうちに明るくなっていくと、地面を覆っていた雪が溶けて下から土が見えてきた。雪に潰されていた枯れ葉の間から、小さな若芽が顔を覗かせている。鮮やかな若葉色。可憐な花まで咲き始めているではないか。なにもなかった草原に様々な色があふれだした。私は、ただただ驚くことしかできない。

――これが、春……！

「ね、ねえっ！　見て見てっ！　すごいよ……！」

大はしゃぎで白虎に声をかける。白虎はポカンと口を開けて、変わりゆく世界に見入っている。

やがて虫や鳥までやってきた。静寂が支配していた世界は、今や様々な命の息吹であふれて、彼らが立てる音でうるさいくらいだ。

――これが、白虎の心。

私と出会ったことで変わった、彼の心そのもの。胸が締めつけられるようだった。

こんなにも白虎の内面が変化したのかと驚きを隠せない。

泣きそうになりながら白虎を見れば、彼はその瞳を大きく滲ませていた。

「本当に春が来たんだな……」

そして、ぽろりと一粒の涙をこぼしたのだった。

＊

強く風が吹く。枯れた竹の葉が舞い散る中、白星は私に言った。

「春が来たことによって、かつての俺から変わったと判断したらしい。神々は俺の罪を赦してくれた。晴れて自由の身になった俺は、青龍に師事すると決めた。お前に胸を張れるような自分でいたくて……みなが認める神になろうと思った。今の俺があるのは――すべてお前のおかげ。お前が俺を神にしてくれたんだ」

指先で私の額に触れる。

そこには、生まれ変わっても変わらず存在する茶色い徴があった。

「この痣があったから、お前と出会えた」

「痣のおかげ……」

じわりと視界が滲んだ。

「ああ！　この痣は俺とお前を繋いでくれた……なによりも大切なものだ」

「……！　は、はい」

へにゃ、と気の抜けた笑みを浮かべた。

生まれてこの方、何度〝傷物〟だと蔑まれただろう。この痣がなければ、と思ったことは一度や二度ではない。大嫌いだった。痣の存在も、それを気にする私も。

だけど痣の意味を知った今は、そうは思えない。

この痣があればこそ、私は大切な人と巡り会えたのだから。

しんみりと感じ入っている私を、白星は優しく抱きしめてくれた。

「お前がいなければ、俺はあの檻の中で凍えて死んでしまっていただろう。白虎として、神として――今、こうしていられるのはすべて蘭花のおかげだ」

「私だって……白星様がいなかったら、誰かに食べられて終わっていました。私にも感謝させてください。お互い様じゃないですか」

じっと見つめ合う。どちらともなく噴きだし、クスクス笑った。

笑いが収まると、意を決して彼に訊ねた。

「実は……記憶が曖昧なんです」

ふたりで一緒に檻から出た後の話だ。霞がかかったようにおぼろげで、はっきり思いだせない。

「白星様が青龍のもとで神について学び始め、人の姿を得たまでは覚えています。……そ、それと」

照れくさくなって頬を染める。

「わ、私と結婚の約束をしてくれたことも」

そんな私を白星は愛おしそうに眺め、大きく頷いた。

「ああ。確かに俺たちは番になろうと約束した。祝言はまだ未定だったが──大勢が祝福してくれた。だが、誰もが俺たちを祝福してくれたわけじゃなかったんだ」

「私たちが今こうしているということは、なにかあったんですね……？」

私は確かにウサギの生まれ変わりかもしれない。だけど、今世での出来事を振り返ると、とてもではないが順調だとは言えないだろう。つまり、私たちの仲を引き裂いた誰かがいるのだ。恐らくそれが、白星が決着をつけたいと語った相手。

──話が核心に近づいている予感がする。

「誰かが邪魔をした、ということですか？」

「そうだ。俺たちがふたりで幸せになるのを快く思わない奴がいた。——鴉だ」

ドキン、と心臓が高鳴った。

鴉の姿なら、白星が檻の中に捕らわれている時に見ている。

『やあ！　遊びに来たよ、囚われの仔猫ちゃん——』

「なんで鴉が私たちを……？」

思わず口にした疑問に、白星は物憂げに瞼を伏せた。

「俺が幸せになるのが気にくわなかったんだろう。奴は俺を見下しながらも、同族のように思っていたから。俺たちは話し合うべきだった。あんなことになる前に」

しかし、当時の白星は、鴉が恨みや不満を募らせていた事実に気づけなかった。

「アイツの気持ちを汲めないまま、俺は神として順調に経験を積んでいった。そして、ひとつの国を任されることになったんだ」

「……それが珀牙国ですよね？」

「ああ。今から千年も前のことだ。国を護りきれれば、俺は晴れて一人前の神と認められるはずだった。お前との祝言もそれからにしようと考えていたんだ……」

白星は懸命に働いた。当時の皇帝と共に様々な改革に取り組む。決して楽な道ではなかった。それでも少しずつ豊かになっていく国にやり甲斐を見つけた白星は、日々忙しく過ごしていた。ウサギを後宮に預けて宮城を空ける日々が続く。

やがてひとつの成果が表れた。大陸で、珀牙国は他国に勝るとも劣らない存在感を放つようになったのだ。白星を遣わした神々も納得の様子だった。認めてもらえたと、白星はウサギと祝言を挙げる決意をしたという。

「……悲劇が起きたのは、そんな時だ」

宮城に戻った白星は、なぜかウサギの出迎えがないのを不思議に思っていた。

『ウサギ？　帰ったぞ。どこにいる？』

声をかけても反応がない。すると寝室から明かりがもれているのに気がついた。

ホッとしながら扉を開けると——凄惨な光景が広がっていた。

「……床にお前が倒れていた。真っ赤な血が水たまりのように広がっていて」

青ざめた白星が固く拳を握りしめる。そして、吐き捨てるように続けた。

「犯人は皇帝の妃嬪だった。神の花嫁であるお前の血を啜れば……未来永劫衰えない美しさが得られるのだと、信じ込んでの犯行だった」

妃嬪は当時の寵姫で、他の妃が何度も閨に呼ばれるのに嫉妬したのだ。だからウサギを殺した。絶対に殺さなければならないと理由もなく思ったのだという。

「混乱してなにも考えられなかった。そんな時だ。……鴉が現れたのは」

『あ〜あ。君の大切なウサギ、壊れちゃったね。アッハハハハ！』

鴉は、白星の肩に舞い降りると耳もとで囁いた。

『君がズルいことをするからだよ。だから罰が下ったんだ』

『ズルい……？』

瞬間、白星は鴉の仕業だと直感した。人間の欲望をくすぐり、意のままに操るのは鴉の得意とするところだ。

『なぜだ。どうして、どうしてウサギを殺させた!!』

鴉はキョトンと目を瞬いた。

『どうしてって？　君が友人だからだよ』

ゆらり、鴉の琥珀(こはく)色の瞳が濁っていく。

『僕らは底辺で泥水を啜っているべきなんだ。なのに勝手な行動をした。僕だって誰かに祝福されたい。生涯番(つが)ってくれる相手がほしい！　孤独に苛(さいな)まれているのはなにも君だけじゃない。なのにどうして？　なんで君ばっかり。ズルいじゃないか。妬ましい。ああ！　妬ましい……!!』

身もだえした鴉は、上空に飛び上がって耳障りな声で鳴いた。

『……どうして僕じゃなく、君が番を手に入れるんだッッッ!!』

鴉の羽が散った。辺りに甘い……脳天が痺れるほど甘い匂いが漂い始める。

『さあ!!　裏切り者に罰を与えよう。君が築き上げたものをグチャグチャにしてあげる。孤独の前に君を苛んでいた欲を覚えてる？　飢餓感だ！　すべてを喰らうために暴力を振るえ。あらゆるものを壊せ。肉を頬張る瞬間を思いだせ……！』

『うう……』

白星は眩暈を覚えてその場に倒れ込んだ。ドクドクと血管が脈打っている。頭に血が上っていく感覚がして——。

『——寒い……』

それ以降の記憶は途切れているらしい。

「鴉に惑わされた俺は、ふたたび獣のように人々を襲った。後宮中の人間を殺し尽くし、人里に下りて大勢の人間を喰らった。俺のせいでたくさんの命が散った。まさに厄災(やくさい)だ。俺は、青龍たちが止めてくれるまで暴れ回った」

正気を取り戻した白星は唖然(あぜん)とした。ウサギと出会ってようやく神になれたと思ったのに、獣同然の自分が残っている事実に絶望したのだ。

「青龍は俺に言った。また君に罰を与えないといけない、と」

罰とは、白星を人界に縛りつけることだ。天界から追放し、人間を傷つけられないよう制限を設け、目も当てられないほど衰退してしまった珀牙国を、ふたたび盛り立てるという目的を果たすまで同じ神としては認めない。

寛大な処罰だった。彼らは白星にもう一度機会をくれたのだ。

「俺はより一層仕事に励んだ。人間たちも協力的だった。もともと、皇帝の寵姫が犯した罪が原因だったからな。星妃という役目もその中で生まれた。巫女をひとり選んで、七星宮の下に埋葬されたウサギの弔いをさせたんだ」

「……星妃が、ウサギの弔いを？」

「もともと、星妃の役目は鎮魂にあった。いつかお前が戻ってきた時、俺の花嫁がいるべき場所を確保しておく意味もあったがな」

歴代の星妃は、ウサギの魂が安らかであるよう祈りを捧げ続けたのだという。

「だから、今までの星妃は〝まやかし〟で、私が〝真なる〟星妃……」

――ああ。私以前の星妃は、本当に巫女以上の存在ではなかったのだ。

「そういうことだ。だが――」

白星が物憂げに瞼を伏せた。

「鴉の嫉妬はウサギを人間に殺させただけじゃ収まらなかった」
・・・一度目の転生をウサギが果たした晩。白星の枕元に鴉が立ったのだ。
『裏切り者君。君がウサギに近づいた時、僕はふたたび爪で襲いかかろう。君を幸せにしてなどやるものか。君がなにより大切に思うものを、僕は何度でも奪ってやる。絶対にだ！』

「血眼（ちまなこ）になって鴉を捜した。しかし、奴は決して姿を見せなかった。アイツの執念深さには震えたよ。実際、俺がウサギの生まれ変わりに近づくと、どこからともなく奴の気配がするんだ。なのに鴉の姿はない。気が気じゃなかった」
だから――と一旦、言葉を止める。白星はくしゃりと顔を歪めた。
「……だから、お前をすぐに迎えに行けなかった」
「え……？」
「ウサギは何度も生まれ変わっていたんだ。本当はすぐにでも迎えに行きたかった。
だけど、お前が傷つくのが怖くて、ふたたび血を流すのが恐ろしくて」
ウサギの魂がそこにあるのに、白星は静観するしかなかった。愛している人に触れ
られず、そばにいることすら叶わない。手を伸ばせば届く距離にいるのに、指をくわ
えて見ているしかできない状況は白星の心を苛んだ。
「……寒くて寒くて。檻の中にいたあの頃のように、俺はふたたび凍えそうになって
いた。鴉を捜し回る日々はあっという間に過ぎて、転生したウサギが天寿を迎えるの
を何度も虚しい思いで眺めた」
その時、ふと気がついたのだ。
新しい生を得たウサギは、自分がいなくとも幸福を享受している事実を。
「お前は俺がいなくとも幸せそうだった」
家族に囲まれ最期の時を過ごすウサギを見るたび、虚しい思いが募って仕方がない。
何度目かのウサギの死を見届けると、白星の心は折れてしまった。自分はウサギのそ

ばにいない方がいい。不幸を運ぶだけだ。そう考えたのだという。

「ウサギが幸せであればそれでいい。そんな――投げやりな気分になってしまった。お前がいなければ生きていけないのは、俺だけだと思い知ったんだ……」

「違う。違うんです。白星様、違う……」

白星の告白に、涙をこぼしながらかぶりを振った。

「私には白星様が必要です。私にはあなたしかいない。い、いなくてもいいはずがないじゃないですか。私はあなたに救われた。白星様がいなければ、今頃私は――」

「わかっている。わかっているんだ、蘭花。確かにそれまでのウサギは俺を必要としていなかった。だけど、お前だけが違った」

『……もう死んじゃいたい』

転生したウサギが自死を望んでいると知った時、白星は心から恐ろしく思ったという。同時に静観していた自分を呪わしくも感じた。たとえ、今までのウサギが幸福だったとしても、今回も同じだとは限らない。

「俺はお前に手を伸ばした。鴉なんて気にしていられなかった。蘭花が絶望の淵で死ぬと思ったら動かずにいられなかったんだ」

白星が私の手を握った。星明かりに照らされた瞳は涙で濡れている。

「――もう二度と触れられないと思っていた。抱きしめることすら叶わないと諦めたはずなのに……お前は今、ここにいる」

そっと手の甲に口づけた。私を上目遣いで見つめる。

「だからこそ、お前を抱くのは待っていてほしいんだ。月花祭で鴉はなにかを仕掛けてくるだろう。そこで奴を仕留められれば――後顧の憂いはなくなる」

すう、と白星は目を細めた。闇夜に染まった彼の瞳は、海よりもなお深い青に染まっている。

「その時は、胸を張ってお前を抱ける。なにかもを俺のものにするからな」

「……っ、は、はい……」

たまらず赤面した私に、白星はくつりと笑った。

「寂しがらせてすまなかった。……愛おしいな。お前といると凍える暇もない」

呟いた言葉はどこか苦しげで、千年もの間、孤独に耐えてきた彼のつらさが滲んでいるようだった。

――白星に嫉妬して凶行に及んだ鴉は、なにをしてくるのだろう。

もしかしたら、すでに行動を起こしているのかもしれない。鴉の執念は想像以上だ。

ウサギが死んでから、およそ千年もの歳月が経っているのに、これほど白星を悩ませているのだから。

――……千年？

　ふと、あることに気がついて顔を上げた。

「どうした？」

　不思議そうにしている白星に訊ねる。

「神様にとって、千年の重みは人と同等ですか……？」

　質問の意図が汲めないのか、白星が怪訝そうに眉をひそめた。

「まったく同じとは言えないが……無視できない歳月なのは間違いない」

「そうですか……」

　瞼を伏せ、しばらく黙り込む。私はある予感を覚えていた。

「わかりました」

　まっすぐ顔を上げる。私は白星に向かい合うと、

「お手を煩わせてごめんなさい。私も、祭りが成功するように頑張りますね」

　どこか清々しい気持ちで、はっきりと断言したのだった。

四章　後宮の巫女嫁

存分に語り終えた私と白星は、ふたりそろって七星宮に戻った。宮殿の応接間では、玉瑛だけでなく皇帝の夏候文までもが私たちの帰りを待っていた。

「おお！　戻ったか。ふたりでどこぞへと消えたと聞いて心配したんだぞ」

夏候文の後ろには、泣きそうな顔をした宦官が付き添っている。もしかしたら、仕事を放って駆けつけてくれたのかもしれない。夏候文は並んで立った私たちを眺め、安堵の色を滲ませた。

「……ほら、言っただろう。そんなに心配する必要はないと」

彼が声をかけたのは、なぜかがっくりとうなだれている玉瑛だ。

「あの、玉瑛様……？　どうされ――わ、わっ」

「蘭花様っ……！」

声をかけると、いきなり抱きしめられた。ギュウギュウと痛いほど締めつけられ、わけもわからず混乱していると、玉瑛が涙ながらに言った。

「無事に戻ってきて本当によかった……！　心の憂いは晴れましたか。またたくさん泣いたのではありませんか……？」

「玉瑛様……？」

そっと腕の中から抜けだす。事情を訊ねれば、どうも漣花の発言で私が傷ついたのだと悔やんでいるらしい。

「……わ、わたくしがもっと早くあの女を止めていれば……」

「大丈夫ですよ。でも……すごく嬉しいです。持つべきものは友達ですね」

優しく頭を撫でると、玉瑛はますます瞳を潤ませた。ふたたび、ぎゅうと私に抱きついてくる。途端に、やたら深いため息が聞こえた。

「まったく。仲がいいことだ。妬けるな？　白星」

「俺は妬いたりしないがな。牙伯」

夏候文と白星である。途端に羞恥心を感じた私たちは、慌てて距離を取った。

「……コ、コホン。まあ、蘭花様が無事ならなによりです」

慌てて取り繕った玉瑛は、私たちに向き合った。

「泣いている場合ではありませんね。おふたりのお帰りをお待ちしていたのは、ご報告とご相談したい件があったからです」

「そうだ、そうだ。玉瑛の話をしっかり聞けよ！」

「牙伯のことはお呼びしておりませんけれど」

「ぐっ……!?　私だけをのけ者にするつもりか……!?」

「申し訳ございませんが、少々黙っていてくださいませ。話が進みません」

「はい」

途端にしょんぼり肩を落とした夏候文に、玉瑛はプリプリ怒っている。

意外にも恐妻家らしい事実にドキドキしていると、玉瑛が口を開いた。

「ご報告いたします。外廷で追い返されそうになっていた漣花を後宮に引き入れたのは……鱗昭儀です」

すると、部屋の隅で控えていた凜凜が一歩進みでた。

「猫たちが教えてくれました。あの女をここまで案内してきた女官が、鱗昭儀つきの者だったそうです」

ちらりと玉瑛に視線を送る。玉瑛は凜凜の話を引き継いだ。

「女狐が尻尾をだしたかもしれません」

にんまりと笑んだ。その表情は先ほどまで号泣していた人とは思えない。

「それでご相談です。鱗昭儀にこちらから仕掛けようかと思っています。実は……すでに種は撒いてあるのです」

「種……？」

思わず首を傾げた私に、玉瑛は「種ですわ」と妖艶な笑みを浮かべた。

「あとはのんびり発芽するのを待つだけ。つきましては、少々蘭花様にお願いしたい儀がございます。十日ほど七星宮にこもっていてほしいのです」

玉瑛の言葉に白星が渋い顔になった。

「十日？　月花祭までそう日がない。大丈夫なのか？」

「日々努力していらっしゃいましたから大丈夫でしょう。長期休養を取ることによって、蘭花様が心を病み、祭が近いのに準備もままならないと鱗昭儀に思わせたいのです。たとえば……そうですね。仲違いをしていた妹の訪れに心労が重なり寝込んでしまった――。あの女は蘭花様は星妃にふさわしくないと騒ぎだすでしょう。己を星妃に推してもらうため、地盤固めに躍起になるはず。きっと諸々に目が届かなくなるでしょう。そのうちに準備を進めたく存じます」

ぱちん、と扇を開いて口もとを隠す。

「やられっぱなしではいられません。そろそろ決着をつけようと思っています」

思わず顔を見合わせた私たちに、玉瑛はパチリと片目を瞑った。

「ご心配なさらず。わたくし、女狐狩りは得意な方ですから」

＊

秋の薄日が差し込む宮殿の一角で、鱗昭儀は苛立ちを隠せないでいた。

不機嫌そうに顔をしかめ、しきりに扇で卓上を叩く。かたわらには何人もの女官が侍っていて、彼女たちは怯えた様子で鱗昭儀を見つめている。

「どうしてこうなるの！　うまくいったと思ったのに……!!」

苛立ち任せに勢いよく卓を叩くと、扇が鈍い音を立ててひしゃげた。ビクリと女官たちが身を竦める。鱗昭儀はハッと顔を上げると、ようやく己に向けられている視線に気がついた。

「……ごめんなさいね、少し気が立っているようだわ。下がっていいわよ」

鱗昭儀が告げると、拱手した女官たちが退室していく。深く嘆息をして天井を仰いだ。なにもかも思いどおりにいかない。苛立ちは募るばかりだ。

漣花を後宮へ引き入れたのは鱗昭儀だった。すべては蘭花を揺さぶるためだ。

かつて自分を虐げた妹と対面した蘭花は、その日から七星宮に閉じこもってしまった。月花祭まで一ヶ月を切った時のことである。表立っては〝体調不良のため〟とされていたが、漣花の影響があったのは間違いない。

思いもよらない報せに、後宮の女官たちは大いに動揺した。なぜなら、月花祭は珀牙国において非常に重要視されている儀式だ。さらには千年という節目の年――万が一にでも中止などありえない。

すると、仁星妃などと蘭花を持ち上げていた女官たちは、そろって手のひらを返し始めた。祭祀を司るべき星妃がこの体たらくでは、国の未来は暗いのではないか。いずれ白虎様に見捨てられるかもしれない。やはり蘭花は星妃にふさわしくない。もっと、適当な人物がいるはずだ――。

うまくいった、と当時はこっそり酒杯を上げた。漣花という厄介な女を抱え込んだ甲斐があったとほくそ笑んだものだ。だのに……。

「なんてこと。揺さぶりが足りなかったのかしら」

昨日、蘭花が通常公務に復帰したらしい。体調もすこぶるいいようで、祭りの練習にも参加して元気な姿を見せたのだそうだ。

裏で着々と女官たちの取り込みを行っていた鱗昭儀にとって、蘭花の早期復帰は青天の霹靂だった。月花祭には、鱗昭儀自身が〝真なる〟星妃として参加するつもりだったのに、すべての計画が台無しだ。

——一体どうすれば……。

ひとり思い悩んでいれば、突然、器が割れる音が聞こえてきた。

「私に指図しないで！　私こそが未来の星妃なのよ……！」

次いで聞こえてきたのは、漣花の金切り声だ。バタバタとやかましい足音がする。癇癪を起こした漣花を女官たちで宥めているらしい。物が落ちたり、割れたりする音がして、鱗昭儀は思わず渋面になった。玉瑛に追いだされた漣花を鱗昭儀はふたたび保護していた。蘭花への切り札になると考えたからだ。しかし、誰にでも横柄な態度をとり、鱗昭儀ですら顎で使おうとする漣花には辟易している。

——そろそろ処分するべきかしら。

火中に飛び込む蛾は、黒焦げになって燃え尽きるのがお似合いだ。

昏い思惑を浮かべていると、自室の扉が開いた。入ってきたのは、鱗昭儀が最も信頼を置いている女官だ。

「申し訳ございません。今すぐに対処いたしますので……」

「いいわ。いつものことよ」

「はあ……」

間の抜けた声をあげた女官に、鱗昭儀はちらりと視線を投げた。

「でも、そろそろ潮時かしらね」

ピクリと女官の表情が強ばった。

「捨ててちょうだい」

こともなげに言い放つ。女官は両手を合わせて頭を下げた。

「私にひとつ考えがございます。捨てるくらいなら有効活用したらいかがでしょう」

「……有効活用？」

小首を傾げる。この女官とは長い付き合いだ。星妃になるべく模索していた時も、様々な案をだして助けてくれた。聞く価値はあるかもしれない。

「現状では、月花祭までに蘭花を引きずり下ろすことは不可能でしょう。ならば、祭りの最中に仕掛ければいいのです」

「最中に？」

「漣花を使って祭りを滅茶苦茶にしてやるのです。あの者の強欲さはご存じでしょう？　焚きつければなんでもするはず。祭りの失敗を星妃に押しつけるのです。責任問題となれば、いかに白虎といえど庇いきれません」

「……それは言えているわ」

鱗昭儀は、女官を手招きした。

「詳しく聞かせてくれないかしら」

妖艶に笑んだ主人に、女官は神妙な面持ちで近づいていったのだった。

＊

――とうとうこの日がやってきた。

待ちに待った月花祭。舞台袖で支度をしていた私は、衣装に袖を通しながら小さく息を吐いた。宝石があしらわれ、最上級の絹を使った衣装はそれなりの重さがある。練習の時はさほど気にならなかったのに、今は重圧に感じられて落ち着かない。

「……はあ」

思わずため息がもれた。そんな私と正反対に大はしゃぎしている人がいる。

「まあああっ！　とっても素敵よ、蘭花様！」

皇后である玉瑛だ。目をキラキラさせて、女官たちにあれこれ指示を飛ばしている。もしかしたら、私よりも張り切っているかもしれない。

「蘭花様の健康的な肌には、やっぱり夜色の衣装がとっても似合うわね。白星様の白にとても映えるわあ……！　ウフフ。わたくし、すごく楽しみよ。頑張ってね！」

「玉瑛様。本当にありがとうございます。私、精一杯頑張ってきますね」

笑みを浮かべて頷けば、じわりと瞳を滲ませた玉瑛もまた頷いてくれた。

なんだか友というより姉のようだ。温かいものが胸に満ちてくる感覚に微笑んでいれば、見慣れた人物が近づいてきた。

「とりあえず鴞の姿はないようだ。気配もない」

会場を見回っていたらしい白星が戻ってきたのだ。忙しなく舞台袖に来た彼は、私に目を留めるなり表情を和らげた。

「ああ！　今日はいつもより一段と綺麗だ」

照れくさくなるような台詞をさらりと吐いて、私の両手をギュッと握る。

「あ、ありがとうございます……」

顔が熱くなった。思わず俯いた私を白星は楽しげに見つめている。しかし、すぐに驚いたような顔になった。彼の視線は私の額に注がれている。

「花鈿は施さなくてもいいのか？」

「はい」

　こくりと頷いて、はにかんだ。

「今日という特別な日に、この痣を隠すべきではないと思いました」

　私と白星を繋いでくれた痣だ。誰に見られても、ちっとも恥ずかしくない。

「あれだけ必死に隠していたからびっくりしましたよね……。あ！　で、でも。せっかく白星様が調べてくれたので。花鈿はたまにしようかなとはおもっ……」

「──蘭花」

　突然、柔らかいものが頬に触れた。白星が口づけたのだ。

「あ、あのっ!?」

「覚えているか。今日の祭りが終わったら──お前は正式な星妃となる」

「……！　は、はい」

　ドキン、と心臓が高鳴った。白星は嬉しそうに目を細め、私の手の甲に唇を落とす。

　そして──はっきりと断言した。

「今までは仮の花嫁だった。だが、今晩の儀式を終えたら話は変わる」

　ニッと口の端を吊り上げる。

「今日、俺は鴉を倒す。……終わったらお前を抱くぞ」

「……！」

火がついたように顔が熱くなった。約束を覚えてはいたものの動揺を隠せない。そろそろと視線を上げれば、蜂蜜のように甘い瞳と視線が交わった。

「な、なんて答えればいいかわからないのですが」

いたたまれなくなって目を逸らす。世の夫婦はどういうやり取りをしているのだろう。まるで想像がつかない。なので、とりあえず素直な気持ちを口にしてみた。

「た、楽しみにしています……？」

「……！　ワハハハハハ!!」

どうやら見当違いのことを口走ってしまったらしい。

大笑いを始めた白星は、私を抱き上げてクルクル回りだした。

「──そうか。そうか!!　これは絶対に失敗できないな！　お前を心置きなく抱くためにも！」

「は、白星様っ！　しーっ！　しーってですよ！　声が大きい……!!　というか、おち、落ちちゃううううう……！」

アワアワしている私をよそに、白星は心底嬉しそうだ。

「もう……！」

「ワハハ。悪いな。つい」

──まるで大型犬が大喜びしているみたい。

本人には絶対に言えないことを思い浮かべながら、私はくすりと笑みをこぼした。

太陽はすでに山際に顔を隠し、世界は薄闇に包まれていた。天上に輝くのは涙星。かつて白虎が愛しい人……ウサギのために流した涙が成ったとされる星だ。

──今日という日を乗り越えられたら、私は彼の正式な妻となる。

かすかに笑みを浮かべた。

──私だって。大好きな人のものになる瞬間が待ち遠しい。

恥ずかしさで火照る体を宥めて、私は白星と共に祭りが始まる瞬間を待った。

そして、月が天辺に昇った頃──。

「蘭花様」

凛凛が声をかけてきた。

「そろそろお時間です」

淡々と告げられた言葉に頷きを返す。私は白星に笑顔を向けた。

「行ってきます」

「ああ。お前の踊りを心から楽しみにしている」

「はい！」

颯爽と衣装の裾をひるがえして舞台に向かう。

秋の夜。空気はほどよく冷えていて、ともすれば肌寒いくらいだ。

だけど、私の体の中には確かに温かな熱が存在していて。それは緊張で固くなりがちな体を優しくほぐしてくれた。

さあ、祭りを始めよう。

——すべてに決着がつく瞬間が、すぐそこに迫っている。

＊

広大な後宮の中に作られた祭祀場には、大勢の人々が集まってきていた。

石で作られた舞台を見下ろす一段高い場所に、皇帝と皇后、白星の席が設けられている。他には舞台を囲むように妃嬪が並ぶ席があり、隣には見慣れない男性たちの姿が多くあった。妃嬪たちの親族だ。この日ばかりは男子禁制の後宮に男性の立ち入りが許されている。鱗昭儀の姿もあった。父親らしき神経質そうな男性と並んで座っている。私の父の姿もあった。花嫁の親族ということで招待されたのだ。官僚たちに囲まれ、チヤホヤされている。

「やあやあ！　あなたが新たなる星妃のお父上か！　素晴らしい娘さんをお持ちで」

「ハハハ……。私にはできすぎた娘です」

「いやいや、あなたの教育あっての賜物です。ところでうちの息子が独身なんだが」

官僚たちは星妃と縁続きになりたくて躍起になっているらしい。見合い話を持ちかけられている父は、なにやら嬉しそうだ。

心中複雑だった。居心地の悪さを感じながら舞台上へ進んでいく。

――私をいらないとばかりに追いだしたくせに。

青白い月が天上高く煌々と照っている。何台もの櫓が並び、飾りつけられた紅色の行灯が照らす舞台上は仄明るい。舞台の下には数えきれないほどの月下美人が飾られていた。可憐な白い花が月明かりを反射して光って見える。そこかしこから甘い香りが漂って、普段とは違う雰囲気を作りだしていた。

「月花が咲く夜に我らの神へ希う。願わくは、八千代に守護を賜らんことを――」

皇帝による祝詞が終わると、祭りの主導権は私へ引き継がれる。

石で作られた正方形の舞台へ私が飛びだすと、

――りぃんっ！

身につけた鈴が軽やかな音をあげた。

やがて、鐘鼓司が笛や太鼓を奏で始めた。まるで音の洪水だ。美しい音色は私の心を高揚させていく。全身に力を漲らせ、指先の動きまで繊細に、時には大胆に舞台上を縦横無尽に駆け回る。

「おお……」

「これは見事な」

何度も何度も練習した甲斐もあり、私の踊りは及第点に達しているようだ。人々が興奮気味に私を見つめている。鱗昭儀だけは苦い顔をしているけれど——。

ホッと胸を撫で下ろしながらも、振りつけのひとつひとつを確実にこなしていく。

この祭りで行われる奉納舞は物語仕立てとなっていて、国の興りから今に至るまでの歴史が綴られている。神々によって人界に落とされた白虎と皇帝が出会い、互いに手と手を取り合って歩んでいく様子を踊りで再現するのだ。もちろん、主役である白虎役は私だ。

女官たちと一緒に踊っていると、視界に白星の姿を捉えた。瞬きひとつせずにじっと私を見つめている様を嬉しく思いながら、先日耳にした言葉を思いだす。

『……愛おしいな。お前といると凍える暇もない』

千年もの長い間、彼は愛する人に触れられないでいた。どれほどの孤独に耐えてきたのだろう。すぐそこに大切な人がいるというのに、お預けを食らい続けた白星の心境は、たかだか十数年生きただけの私には計りしれない。

——過去を思い出せてよかった……。

白星に愛されていると改めて自覚できたからだ。

彼は私を必要としてくれている。心が満たされていく。白星は、父や妹、明々や鱗昭儀のように私を突き放したりしない。私の居場所は――彼の隣にある。

――これからもずっと白星様と一緒にいたい。

だから、絶対に祭りを成功させなければならない。

けれど……ひとつ気がかりなことがあった。

――転生を繰り返したウサギの中で、どうして私だけが不幸だったのだろう？

たまたま、という可能性もある。だけど、白星が珀牙国にやってきてから、今年がちょうど千年の節目に当たるのが気になった。

いまだ小国ではあるが、珀牙国は豊かで安定していた。千年もの長い間、白星が頑張ってきた結果だ。神から見ても評価に値するに違いない。

もしかしたら、かつての贖罪を終え、神として認められる時が近づいているのかもしれない――。

はたしてそれを鴉が見過ごすだろうか？

白星が私という番を見つけただけで嫉妬の炎を燃やしたような相手だ。蹴落とした存在が、ふたたび神々に認められたら、きっとこれまでにないほど、昏い感情に囚われるのではないだろうか。

ならば千年目の今……白星の幸福を邪魔したい鴉はどう動くだろう。白星が大切に想っている相手を傷つけ、ふたたびすべてを台無ししようとするのではないか？

——もしかしたら、私が……私自身が、鴉が仕掛けた罠かもしれない。

必死に踊りを続けながらも、どんどんと胸が重くなってくる。

白星は人間に危害を加えられない。他の神々にそういう縛りを受けている。

ならば人間に私を襲わせたらどうだろう。手をだせない相手が私を蹂躙したら——

最も効果的に白星を傷つけられるのではないか。

——鴉はどこにいるの？この踊りをどこかで観ているのだろうか……？

千年も捜し続けているのに、姿すら見せない鴉。だのに、白星がウサギの生まれ変わりに近づくたびに気配がするという。

きっと鴉はウサギの近くに潜んでいるのだ。でも、一体どこに……？

——私がしっかりしなくちゃ。

誰が襲ってこようとも、私自身が無事であれば、あとは夏候文や玉瑛がなんとかしてくれるはずだ。自分で自分の身を守りきる決意をする。

——りぃん！

鈴が大きく鳴った。物思いに耽っていた意識を浮上させれば、いつの間にやら踊りが中盤に差しかかっている。

——いけない。集中しよう。

気持ちを切り替えて大きく跳んだ。

踊りが紡ぐ物語は、暴れ回った白虎を皇帝が慰める場面に至っている。初代皇帝役の女官が舞台に躍りでてきた。張り子で作られた面を頭からすっぽり被っていて、皇帝らしい豪奢な衣装が舞台上に浮かび上がって見える。大勢いた他の女官たちが下がっていった。舞台に残ったのは私と初代皇帝役の女官だけだ。

——ここから長丁場だ。

気合いを入れて、とん、とおん、と軽やかに跳ねながら女官に近づくと、なにやら異変に気がついた。

音楽は鳴り続けているというのに、女官は棒立ちのまま動かない。私が寄ってくるのを、ただただ待っている。

「……ッ！」

瞬間、嫌な予感がして体を反らす。ひゅう、と風を切る音がした。女官が腕を前に突きだしている。舞台衣装用に長く作られた袖から垣間見えたのは——白刃だ。

刃を避けた私は、慌てて距離を取ろうと後退った。だけど、女官は容赦なく襲いかかってくる。

「なんっ……!?　どうして!?」

調子よく繰りだされる腕を必死にかわす。ひらひらと衣装の袖が舞った。こうしていると、まるでもともと用意されていた振りつけのようだ。

「……おお、以前の星妃とは趣が違うな？」

「新しい星妃誕生を機に振りを刷新したのかもしれないな」

周囲の人たちは異変に気がついていないようだ。しかし、皇帝や玉瑛、白星は顔色をなくしているのがわかった。

「蘭花ッ……！」

白星が勢いよく立ち上がったのを機に、ようやく周囲は異変に気がついたらしい。

会場が一気にざわついた。

――鴉が仕掛けてきた……⁉

「誰ぞ、奴を捕まえろ！」

皇帝である夏候文が叫んだ。途端、会場中から兵士が姿を現す。あらゆる事態に備え、大勢の兵士を潜ませていたのだ。

すると、女官は懐からもう一振りの剣を取りだした。緩やかに刃が波打つ曲刀だ。月の光を反射して、ぎらりと鋭い刃が光った。

「あ、あなたは誰っ！」

「………」

必死に問いかける。女官は無言のままだ。今度は両手に刃を構え、容赦なく斬りつけてくる。私は避けるので精一杯だ。

みるみるうちに舞台の隅に追い詰められた。

助けがほしいが、いまだに兵士たちは舞台より遠い場所にいる。

「蘭花、逃げろ……！」

虎になった白星が駆けてくるのが見えた。今にも女官に襲いかかりそうだ。

──駄目っ……！

贖罪の最中の白星が、人間を傷つけたら大変なことになる。せっかく一緒にいられるようになったのに、私のためにすべてが台無しになったら元も子もない！

──逃げているばかりじゃ駄目だ。私がやらないと……！

お腹に力を入れると、キッと女官を睨みつける。

「……！」

ふと張り子の面が目に入った。あれを取ったら動揺を誘えるのではないだろうか。

……やるしかない。私は、二度と白星のそばを離れないと誓ったんだ！

襲いくる刃をかわし、私は上体をできる限り地面に近づけた。反動を利用して、片足を高く高く振り上げる。そう、これは踊りの練習で何度も繰り返した仕草──。

さすがに虚をつかれたらしい。女官が動きを止めた瞬間、私のつま先が面に当たった。ぽおん、と面がどこかへ飛んでいく。女官の素顔が露わになった。これだけ大勢の人に顔を見られたら、相手も怯むはずだ。

「ッ……!!」

瞬間、女官の顔を見て思考が停止した。力が抜けて地面にへたり込む。こちらへ駆けてきていた白星も足を止めた。苦々しい顔で低く唸っている。

「貴様、また……！」

怒りの感情を露わにした白星が吠えた。耳をつんざくほどの声に、襲撃者は不快感を浮かべただけだ。

「漣花……」

私を襲った女官は妹だった。紅で赤く染まった唇が歪む。

「まったく。お姉様ったら本当に往生際が悪いわね」

不遜な態度で私を睥睨する。凶刃を振りかざすと、私に襲いかかってきた。

「ねえ、お姉様。私に星妃の座を譲ってくれるわよね……!?」

悲鳴を呑み込んでなんとかかわす。

妹がふたたび私のものを奪いに来た。恐怖で足腰が竦んだ。だけど――。

「絶対に嫌よ……！　あなたにあげられるものなんて、なにひとつない！」

はっきりと断言すれば、妹が不愉快そうに顔をしかめた。

「お姉様のくせに生意気なのよ!!」

ふたたび白刃がきらめく。すると、ようやく舞台に到着した兵士たちが妹を捕らえにかかった。

「神聖なる舞台を血で汚すな。確保しろ……！」

号令と共に妹を組み伏せる。大の男に押さえつけられた妹は、ジタバタともがくと、血走った目で私を睨みつけた。

「なんで私の邪魔をするのっ！　お姉様のものはすべて私のものよ！　当然の権利だわ。お姉様がなかなか譲ろうとしないから、わざわざ出向いてやったのに！　星妃は私がなるの。皇后と並ぶほどの地位は私にこそふさわしい……！」

「黙れ!!　暴れるなっ！」

漣花を兵士のひとりが力尽くで押さえ込む。だが、それでも漣花は暴れるのをやめなかった。髪を振り乱し、額に血管を浮かばせてなおも叫ぶ。

「おねえさまああああああああ！　星妃の座、私にちょうだい……！　ほしいの。ほしいのよ!!　だから、ちょうだいよおおおおお……！」

あまりの形相に、その場にいた誰もが困惑の色を浮かべた。

「なんだあれ……」

明らかに尋常じゃない。私もなんと返せばいいかわからなかった。

「お姉様あああああああ……」

妹は滂沱の涙を流しながら私へ手を伸ばしている。恐ろしい形相を浮かべる妹に思わず後退ると、妹の瞳が金色に変わったような気がした。

「……？」

妹の目の色は私と同じ黒のはずだ。思わず己の目を疑っていれば、誰かが私のそばに立ったのがわかる。そろそろと顔を上げると、父が私を見下ろしていた。

「お、とう……」

口の中がカラカラだった。なんとか声を振り絞れば、父は私のかたわらにしゃがみ込んで――どこか歪な笑みを浮かべる。

「なにをしているんだ、蘭花。早く漣花に譲ってあげなさい」

「……っ!?」

今度は耳を疑う羽目になった。

「なにを……なにを言っているの？」

父の言葉を信じたくなくて、ふるふるとかぶりを振った。父の顔は至って真面目で、冗談を言っているようには思えない。困惑している私に父は続けた。

「どうしてだ？　今までだってずっとそうだっただろう。お前の持ち物はすべて漣花のもので、すべてを奪われたお前は苦渋を舐める。そういうふうにしてきた・・・・・・・」

「して……きた？」

「そうだ。すべてはお前を苦しめるため――。それに……〝僕〟は誰かの持ち物を奪うのがとてもとても好きだから」

にんまりと父の瞳が歪んだ。ああ……父の瞳も黄金色に輝いて見える。

「お前が泣き叫ぶ声は耳に心地よく響くんだ。今日もいい声を聴かせておくれ」

「……あ」

全身が粟立った。妹があれほど横暴なのも、私がなにもかも奪われてきたのも――すべては父が原因だったのだ。

「さあ。蘭花――」

父の手が伸びてくる。衝撃のあまりになにも考えられない。

しかし、次の瞬間。

「ぐうっ……！」

父の顔が苦痛に歪んだ。横薙ぎに吹き飛ばされ、石の舞台の上を転がっていった。

そのままピクリとも動かなくなる。

震えながら首を巡らせた。私の視線の先にいたのは――白星だ。

「どうして……」

神である白星が人間に手をだしてしまった。その事実に頭が真っ白になった。

呆然としている私に、人間の姿に戻った白星が寄り添う。

「──蘭花。大丈夫だ」

「でも」

涙を流して首を横に振る私に、白星は困ったように笑った。

「アレは人間じゃない」

「……え？」

目を瞬いた私に、白星は苦い顔になった。吹き飛ばされた父を見遣り──鋭い牙を剥きだしにして唸りだす。

「やっと見つけたぞ。鴉……！」

すると、沈黙していた父が動きだした。人とは思えない歪な動きで起き上がると、傾いた頭の位置を両手で直す。ゴキン！と不自然な音がして、思わず身を竦めた。

「……やだなあ。見つかっちゃった？」

へらっと軽薄な笑みを浮かべた父は、金色の瞳で白星を見つめている。

「お前はまた俺の大切な人を奪おうというのか……！」

白星は怒りで震えていた。高揚のあまりに顔が赤い。そんな白星を、父──いや、鴉はおかしげに見つめ、小さく肩を揺らして笑っている。

「また？　嘘だあ。今回が二度目だと思っているの。僕は君の大切なものを、何度も何度も奪っていたのに……もしかして気がついていないわけ？」

「……？　どういうことだ」

　首を傾げた白星に、鴞はゲラゲラ笑いだした。

「うわ。本当に気づいてなかったんだ……！　ちょっと回りくどかったかなあ。君だって見てたじゃないか。転生したウサギが、君がいないところで幸せになる姿を！」

　耳障りな笑い声をあげた鴞は、白星へしてきた仕打ちを告白し始めた。かつてウサギを殺し、姿をくらませた鴞は、千年間を白星への復讐に費やしてきたらしい。

「僕はいつだって転生したウサギのそばにいたんだ。誰よりも近い場所——家族や恋人としてね。彼女が番うべきなのは君なのに、僕に愛を囁くウサギの姿はすごく滑稽だった！　そして僕の脅しに屈して、指をくわえて見ているだけの君の姿も、おかしくておかしくてたまらなかったんだ……！」

　——ひどい。

　白星を傷つけるためだけに、誰かの人生を弄ぶ鴞の執念深さに寒気がした。前世とはいえ、かつて鴞に愛を囁いた自分がいただなんて考えたくもない。それは白星も同じようだった。私の手を強く握りしめ、苦しげに眉をひそめている。

「ヒヒッ！　いい顔だね。これだよ、これ。これが見たかったんだ……！」

　楽しくて仕方がないと言わんばかりに、鴞が腹を抱えて笑った。しかし一転して真顔になると、どこか白けた顔で私たちを見つめる。

「まあ——それにもいい加減飽きちゃったんだけど。ちょうど千年の節目だ。君の贖罪もそろそろ終わりそうだったし——今回は趣向を変えてみたんだ」

ニコリと笑う。ばり、と父の顔に徐々にヒビが入っていく。

「ウサギをいじめてみたんだよ。今まで僕にビビって静観していたくせに、焦ってウサギに飛びついた君の姿は滑稽だった。でもね、この遊びもそろそろおしまいだ！」

鴉が一際大きく叫んだ瞬間、父の体がはじけ飛んだように見えた。

「お、お父様……‼」

大量の血が散った。父の体の中から灰色の羽を持った異形が姿を現す。鴉だ。ぎょろりと辺りを見回した鴉は、思わず耳を塞ぎたくなるような声をあげて巨大な翼を振るった。途端、突風と共に大量の羽根が辺りを舞い始める。

「うわあああ……！　化け物だ！」

「う、腕が。腕があああっ！」

羽根は刃のように鋭く尖っていて、誰彼構わず傷つけた。特に被害が甚大だったのは、鐘鼓司たちだ。楽器はもれなく破壊され、誰もが手や足から血を流している。目も当てられないほど凄惨な状況だ。

「ああ、壊れちゃった！　アハ、アハハハハ！　ざまあみろ！」

「——お前、よくも……！」

高笑いしている鴉に肉薄する者がいた。白星だ。

白虎に変化して鋭い爪と牙で鴉に襲いかかる。しかし、白星の爪はことごとくが空を切った。空中を自由自在に飛び回る鴉に、白星は素早さでは及ばない。

「ああ！　愉快だなあ。本当に楽しくて仕方がない。目の前に天敵がいるのに、爪が掠りもしない気持ちはどうだい？　無様だねえ。楽しいねえ！」

白星が足を止めた。鋭い眼差しで、上空を飛んでいる鴉を睨みつけている。

「……届かないなら、届かせるまでだ」

ボソリと呟くと、鴉は白星を鼻で笑った。

「なにを言っているんだい。爪が届くまで待ってやるとでも？　そんなに愚かでもお人好しでもないんだけどね」

「なんとでも言え。鴉――」

ストンと腰を落とし、一転して静かな物言いで語りかけた。

「お前と過ごした日々はそんなに悪くなかったよ」

「……は？」

キョトンと目を瞬いた鴉に白星は続ける。

「あの頃の俺はそれこそ愚か者だった。すべてを傷つけ、誰からも嫌われ……どうしようもなく孤独だった。だけど今思えば――お前が来てくれた時だけは、孤独が少し紛れたような気がしている。お前と俺は友人だった」

「な、なんだよ。情に訴えようとでも？　そんなの……」

「──だが、今は違う」

鴉の言葉を遮った白星は、凛とした声で断言した。

「大切な人を傷つけたお前は俺の敵だ！　俺は変わった！　今の俺は、あの頃は絶対に持ち得なかったものを持っている。お前が絶対に手に入れられないものだ……！」

「僕が……手に入れられない？」

鴉の瞳が爛々と光っている。欲望の光だ。もしかしたら、白星から奪い取ってやろうと考えているのかもしれない。だが、鴉が新たな策を巡らせる時間はなかった。白星が手に入れたもの……皇帝が動きだしたからだ。

「すべてが終わるのはお前だ、鴉!!」

白星は機を窺っていた夏候文に声をかけた。

「我の友、牙伯よ！　お前に任せた！」

「ああ!!　請け負ったぞ、白星……！」

夏候文が高く手を掲げる。瞬間、石の舞台を囲むように大勢の弓兵が姿を見せた。櫓の上、宮殿の屋根、舞台の下──矢尻が月光を反射してギラギラと光っている。

「ハッハッハ！　鴉は弓矢に弱いらしい。わが友白星が教えてくれたことだ……！」

夏候文の場違いに陽気な声。鴉は己に狙いを定める弓兵を眺め、醜く顔を歪めて絶叫した。

「……お前。お前、お前、お前、お前ええええええええええええっ!!」

「撃て——!!」

数えきれないほどの矢が鴉に殺到する。全身を矢で射貫かれた鴉は、空中でぐらりと体勢を崩した。地面に落ちる直前に白星が渾身の力で鴉の首に噛みつく。巨大な前脚で鴉の体を押さえつけ、首を勢いよく引きちぎれば、噴水のように血が噴きだした。首と胴体が離れれば、さすがの化け物も命に関わるらしい。ビクビクと動いていたかと思うと——やがてピクリともしなくなった。

「やった……」

すると、固唾を呑んで様子を窺っていた兵士のひとりが呟いた。そろそろと近くにいる者同士で視線を交わす。やがて顔いっぱいに喜色を浮かべると——。

「わあああああああ……!　白虎様の勝利だ！　国を脅かす鴉を退治したぞ！」

「白虎様、万歳！　珀牙国に栄光あれ！」

誰も彼もが笑顔で歓声をあげたのだった。

「…………」

兵士たちの熱狂の中、私はなおも喜びの感情を抱けないでいた。

「ぐ……が……」

ぼとりと地面に落ちた鴉の首が言葉を発しようとしていたからだ。

「お、愚かな白虎。僕を友と呼びながら、人間ごときを親しく思うなんて」

「………」

血の泡を吹きながら嘲る鴉の首を無言で眺め、白星はひらりと人の形に戻った。沈鬱な表情で鴉を見つめて——それから夏侯文を見遣った。

「牙伯は心から信頼できる友だ。嫉妬に駆られて略奪を繰り返すお前には、絶対に手に入れられないだろう？」

「なにを言う！　ぼ、僕にとっては君がそうだった。なのに、お前が裏切ったんだ！どれだけ僕が傷ついたと思っているの。なんにもわかっちゃいない！」

なおも己の非を認めない鴉に、白星は悲しげに瞼を伏せる。

「俺はお前を裏切ったつもりはない。お前がなにもしなければ、きっと今も俺たちは友人だったはずだ」

くるりと踵を返して歩きだした。くしゃりと鴉の顔が歪む。

「ふざけるな。ふざけるな。ふざけるなよ!!　お前はいつもそうだ。なんだかんだと僕を見下して！　……ああ、いいさ。もうどうでもいい。僕は死ぬ。でも——最期に祭りを壊せたのは本望だね。大事な大事な星妃の初仕事なのに失敗に終わった。この先、なにかあるたびに月花祭の失敗を例に挙げられ、君の大切な星妃は〝無能〟〝役立たず〟と罵られるんだ。ざまあみろってんだ！　アハ、アハハハハハ……」

そして、兵士に押さえつけられたままの漣花を見遣ると、

「白虎、それにウサギ。お前たちは僕だけじゃなく、もうひとり……可愛らしい女の子をこの世から消すことになるんだ。わかっているのか？」

と、嗤った。

「え……？」

ポカンとしている漣花に、鴞は心底愉快そうに真実を告げた。

「その子はねえ、僕の分身なんだ。もともといた子を殺してすげ替えた。思考もなにもかも僕にそっくりだったろう？　当然、僕が死ねば漣花も死ぬ。とはいえ、独立した思考を持っている。そこらの人間と同じようにね。……ああ、うまく星妃になれれば幸せな一生を送れただろうに。君たちがなにもかも台無しにしたんだ」

せいぜい後悔して過ごすことだねとゲタゲタ嗤う鴞に、漣花は焦り気味に叫んだ。

「わ、私が……？　化け物の分身？　し、死ぬ？　嘘よ。嘘。嘘と言って‼」

涙を浮かべた漣花は辺りをギョロギョロと見遣った。そして——ある人物を視界に認めた。鱗昭儀だ。

「ちょっと!! 祭りをぶち壊せって指示してきたのはアンタでしょう!? な、なんとかしなさいよ! そ、そうよ……お父様とグルになって私を騙そうとしているのね? 冗談はよしてよ……いくら私こそが真の星妃にふさわしいからって、嫉妬するのはよしてくれない!?」

瞬間、会場内が盛大にざわついた。

「鱗昭儀が? 清廉潔白な人物だと聞いていたが、まさか……」

「蘭花様を陥れるためにやったのよ、彼女、星妃になりたがっていたもの……」

誰もが信じられないような目で鱗昭儀を見つめ、疑わしい視線を向けている。

「…………」

一身に注目を浴びた鱗昭儀は、青ざめながらも表情を崩さぬまま佇んでいる。

「麗華、これはどういうことだ!? 星妃になれとは言ったが、こんな――ヒッ!」

鱗昭儀の父親が怯えた顔を見せた。殺気だった兵士たちが、槍の穂先をふたりに突きつけたからだ。

「……詳しく話を聞かせてもらう。引っ立てろ!」

夏候文が指示をだすと、ふたりは兵士たちに連行されていった。

「そんな」

鱗昭儀と父親の様子を呆然と眺めていた漣花は、とうとう味方がいなくなったと悟ったのか、今度は私に目を向けた。

「お、お姉様？　お願いだから私と代わって！　お姉様が化け物で、私が星妃なの。それでいいわよね？　幸せになるのは私。いつだってそうだったじゃない！」

「…………」

なおも愚かな発言をする漣花に静かにかぶりを振った。妹の顔が絶望に染まる。す・・・・・・・・・・・るとほろりと漣花の頬が解けた。中から現れたのは――くすんだ灰色をした羽毛だ。

「あ……ああああああああああああああっ!!」

漣花が絶叫した瞬間、ぱふっと空気が抜けたような音がした。しん、と辺りが静寂に包まれる。残されたのは――大量の羽毛と、抜け殻になった舞台衣装だけだ。

――嘘……。

慌てて鴞を見遣る。鴞の瞳からはすでに光が失われていた。やがて、漣花のようにほろほろと崩れていき――大量の羽根は風に流されてどこかへ行ってしまった。

白星を悩ませ、私たちの間を引き裂いていた化け物、鴞は――死んだのだ。

「……あ」

呆気に取られていると、目の前に白星が立っているのがわかった。

「蘭花。終わったぞ」

ぎこちない動きで私を抱きしめる。

とっさに反応が返せなかった。頭が真っ白でなにも考えられない。

「心配するな。お前のそばには俺がいる」

涙をこぼして頷くしかできない私を、白星は優しく撫でてくれた。

「もう帰ろう、蘭花──」

「ちょ、ちょっと待ってください」

慌てて白星を引き留めた。ゆっくりと息を吐いて──吸った。疲れきった体は思考を放棄したい、休みたいとねだってくるけれど、必死に感情を落ち着ける。

──このまま終わらせたら駄目だ。

ゴシゴシと目もとを拭った。私にはやらねばならないことがある。

「蘭花？」

首を傾げた彼に、緊張の面持ちで申し出た。

「どうにかして祭りの続きができないでしょうか」

予想外の提案に白星は驚いたようだった。

「なにを言う？　今は平静じゃいられないだろう。祭りなど仕切り直せばいい」

「ちょっと待て。わが友よ」

現れたのは夏候文だ。私のかたわらに立った皇帝は、わずかに逡巡を見せると、決心したように顔を上げた。

「蘭花殿の言うとおりだ。祭りを続けるべきだと思う。この先のためにも」

「……なんだと？」

白星の顔が不愉快そうに歪む。ハラハラと彼の腕の中で状況を見守っていれば、玉瑛もやってきた。

「同感です。蘭花様を一刻も早く休ませたいのはわたくしも同じ。ですが——鴉が言ったとおり、このままでは蘭花様の経歴に傷がついてしまう」

「…………」

「口さがない人間というのは絶対にいなくなりません。人々の上に立つわたくしたちは、できる限り完璧に取り繕うべきなのです」

白星は無言で考え込んでいる。

玉瑛は私に目を留めると、

「それに……月花祭は白星様との婚姻の儀でもあります。だから——ね？」

茶目っけたっぷりに片目を瞑った。

「ありがとうございます！　玉瑛様……！」

じわじわと胸の中に喜色が広がる。そっと両手で白星を押して離れた。驚いたような顔をしている白星をまっすぐ見つめる。

「正直、混乱しています。父や妹がいなくなった衝撃も受け止めきれていません」

「なら……」

「――でも。今晩、私はあなたの妻になると決めました」

ふわりと柔らかく笑う。

落ち着いた頃、怒濤のような展開に頭が追いついてきて苦しく思うのかもしれない。

その時はその時だ。今はできることをしたい。

だって私は星妃で。彼の隣に居続けるためには成すべきことがある。

「私、精一杯頑張ります！」

拳を握った私に、白星は眉尻を下げた。小さく息を吐いて肩を竦める。

「強くなったな、蘭花。後宮に来た頃とは段違いだ」

「じゃ、じゃあ――」

「……わかった。無理はするなよ」

「はい！」

笑顔で頷いた私の頭を、白星は優しく撫でてくれている。

「でも――どうしましょう。困ったわ」

「ああ。確かにこれは……」

すると、皇帝夫妻が困惑しているのに気がついた。どうしたのかと訊ねれば、演奏を担当する鐘鼓司が壊滅しているという。

「楽器は代わりを手配できるだろうが、奏者を用意するには時間が足りないな」

「ええ。ですが、日を改めるわけには……」

困り果てているふたりに、私はパッと白星に向かい合った。

「あ、あのっ！　白星様が演奏したらどうでしょう……！」

「俺が？」

キョトンとしている白星に笑顔で頷く。

「白星様の笛、とても素敵だと思います！　竹林で初めて聞いた時、すごくすごく感動しましたから！」

「おお。それはいいな」

すかさず話に乗ったのは夏候文だ。

「白虎みずからの演奏で星妃が踊ったとなれば、歴史に残る偉業となるかもしれん」

「まあ！　それは素敵だわ。ぜひそうしましょう！　蘭花様に箔がつくのなら、わたくしいくらでもお手伝いいたします！」

「お、おい。お前ら……」

困惑している白星をよそに、皇帝夫妻は女官や宦官、兵士たちに指示をだし始めた。

荒れた舞台上を掃き清めさせ、祭りの再開に向けて動きだす。

「俺の意思はどうなるんだ、俺の」

なんとも手際のいいふたりに白星は困り顔だ。

「いいじゃないですか。私、白星様の笛でまた踊りたいって思っていたんです。ほら、竹林で猫たちに見守られて踊った時のこと……覚えていますよね？」

「……ああ。あの時は本当に楽しかった」

私の言葉に、白星は懐から笛を取りだした。今ならわかる。その笛は青龍から譲り受けた品。檻の中で春を呼び込んでくれた笛だ。

「お願いします。ウサギは、素敵な伴奏があればもっとうまく踊れるんです」

上目遣いでお願いすれば、白星が小さく笑った。

「そんなことを前にも言っていたな。わかった。俺が笛を吹こう」

「ありがとうございます……！」

破顔した私に、白星は穏やかに頷いてくれた。

「──さあ！　白星様、蘭花様！」

玉瑛が声をかけてきた。舞台の準備が整ったらしい。

笑顔の皇帝夫妻に見守られ、私たちは互いに視線を交わし合うと──。

「行こう」

「……はい！」

ふたり手を取り合って舞台の中心へと進んでいった。

守護神である白虎みずからが笛を奏で、新たな星妃が踊ったその夜は、国を脅かす天敵を屠った事実と共に後世にわたり長く語られることになる。

白虎の笛の音は国中に響き渡り、星妃の踊りに誰もが魅了された。なにより、楽しげに笑い合うふたりの姿に、人々はこれからずっとずっと先——星妃への白虎の寵愛が続く限り、手厚い守護を賜れるだろうと予感したという。

＊

——歴史に名を残した事件とは裏腹に、ひとりの妃嬪の行く末は後世にあまり知られていない。

「私に気安く触れないで……！　皇帝に仕える嬪ですよ！」

薄暗い半地下の部屋に兵士たちに連れられてきたのは鱗昭儀だ。両手を縄で縛られ、ひどく雑な扱いで椅子に座らせられた。薄暗い部屋は黴臭く、鱗昭儀が普段過ごす場所とは段違いにみすぼらしい。不愉快そうに眉をしかめた鱗昭儀は、目の前に座る人を睨みつけた。

「皇后といえど、なんの罪もない私にこんな扱い……いいと思っているのですか？」

「――なんの罪もない？」

くすりと扇の陰で笑ったのは玉瑛だ。極寒のごとく冷えきった瞳を鱗昭儀に向けた玉瑛は、「よくもまあ抜け抜けと」と目を眇めた。

「舞踊担当の女官の中に、杜漣花を紛れ込ませたのはあなたでしょう？」

はっきりと断言した玉瑛に、鱗昭儀はかぶりを振った。

「確かにあの者は私が保護しておりましたが――一体なんのことでしょう？ 罪から免れるために、罪人が土壇場で言い逃れをするのはよくあること。それに、ここ最近、漣花は部屋に伏せっておりました。しばらく顔も合わせていませんわ」

「……伏せって？」

首を傾げた玉瑛に、鱗昭儀はくすりと笑った。

「ええ！ 姉を慕ってはるばる後宮まで来たのに、冷たくあしらわれて傷ついた様子でした。七星宮でとんでもない扱いを受けたとか……。許せないと泣いておりましたよ？ あまりにも憐れだったので、静養するように勧めたのです」

ちらりと玉瑛を一瞥する。

「一体、星妃は身内になにをしたのでしょうね。仁に篤いという噂は嘘だったのかしら。これでは恨まれても仕方がないでしょう。姉を妬んだあげくに凶行に至ったのであれば、私は同情の念を抱かざるを得ません」

「…………」

大仰にため息をこぼした鱗昭儀に、玉瑛は笑いをこらえるので必死だった。

彼女はなにも理解していない。己がすでに玉瑛の手のひらの上にいる事実に、まったく気がついてすらいないのだ。

「なるほど。それがあなたたちが立てた話の道筋ですか」

「……立てた、だなんて。人聞きが悪い。まるで私たちが作ったようでは――」

「ですが、実際にそうなのでしょう？」

ニコリと微笑んだ玉瑛に、鱗昭儀は目を見開いた。あまりにも断定的な物言いに鱗昭儀の視線が泳ぐ。

玉瑛は入り口を見張っていた兵士に合図をすると、外で待ち構えていた人物を部屋の中へ招き入れた。

「お呼びでしょうか。娘娘」

「……どうしてあなたが」

新たなる登場人物に、鱗昭儀は顔色をなくしている。

それは鱗昭儀の側近中の側近の女官だった。後宮に来た時分より、最も信頼を置いていた――今回の、星妃強襲計画を共に練った相手だ。

「あなた、答えてくれるわよね。今回の計画を杜漣花に指示したのは──誰？」

玉瑛の問いかけに、女官は恭しく拱手して淡々と告げた。

「鱗昭儀でございます」

「なっ……！」

ガタン、と椅子が鳴った。ワナワナと震えた鱗昭儀は顔を真っ赤にして叫んだ。

「適当なことを言わないで！　私をはめるつもり!?」

「嘘ではございません。必要とあらば、皇帝陛下と白虎様の前で証言いたします」

「……ッ！」

皇帝と守護神である白虎に対して嘘をつく行為は死罪にあたる。女官の覚悟を目の前にして、鱗昭儀は言葉もでない。玉瑛は、女官に向かって鷹揚に頷いた。

「では、その時はお願いするわね」

「……はい」

柔らかく笑んで女官に労いの言葉をかけてやる。

「故郷のお父様、ずいぶん具合がよくなったそうじゃないの。わたくしの侍医を向かわせた甲斐があったわ。よかったわね。今度、特別に里帰りをしていらっしゃい。きっとお父様も喜ぶわ」

「皇后様のお気遣い、痛み入ります」

女官が下がっていく。扉が閉まると、血走った目で鱗昭儀が玉瑛を睨みつけた。

「あなたっ……！　私の側近を買収するなんて卑怯よ……！」

怒りを露わにする鱗昭儀とは対照的に、玉瑛は上機嫌な様子で笑っている。

「卑怯？　ひとりをいじめ抜いて、女官たちの機嫌を取るようなあなたがよく言うわね。そういえば――〝掃きだめ〟だったかしら。わたくし、それも調べてみたのよ。どうも人選に不可解な部分があったから」

「……っ、は、〝掃きだめ〟？　あれは女官たちが勝手にやったことだと……」

「しらばっくれたって無駄よ。あなたが主導してやっていたと、大勢の女官が証言しているわ。……そうよね？　明々」

「はい」

女官に続いて入室してきたのは、かつて蘭花の友であったのにもかかわらず〝掃きだめ〟いじめに加担していた明々だ。以前はすっかり痩せ細っていたが、今はもとの姿を取り戻している。

明々は玉瑛に向かってはっきりと断言した。

「鱗昭儀は〝掃きだめ〟を自身で選び、女官たちにひどい扱いをするように主導していました。私自身も大変な目に遭ったので間違いありません」

徐々に鱗昭儀の顔が強ばっていく。玉瑛は明々に続けて訊ねた。

「……それは大変だったわね。それで、どうしてあなたは〝掃きだめ〟に？」

「蘭花様が星妃になった当てつけもありそうですが……。一番は、私の出身がここからそう遠くない村だったからです」

「へぇ？」

玉瑛が鱗昭儀を一瞥した。ビクリと身を竦めた鱗昭儀に玉瑛は笑みを浮かべる。

「そういえば蘭花様のご出身も、都近くの村だったわよね。わたくし調べさせたのよ。あなたの宮殿の女官たちを集めて、いろいろと訊ねたりもしたわ」

「……なっ……!?」

「みんなとっても素直に答えてくれた。わたくしが、誰かを〝掃きだめ〟だと貶める鱗昭儀が許せないと言ったらね」

「う、嘘よ……」

「嘘なわけがないでしょう。誰だって〝掃きだめ〟になんてなりたくないもの」

さらに蘭花という存在が彼女たちの口を軽くしていた。いざとなったら七星宮へ駆け込めばいいという気風は、鱗昭儀への忠誠心すら薄れさせていたのだ。

──まあ、余計なことは言わないでおきましょう。

内心で苦笑をこぼして、すぅ、と目を細める。

「〝掃きだめ〟に選ばれた女官の出身地には共通点があったみたいなの。調べるのは大変だったわ。まさか——皇后であるわたくしが、旅芸人の一座なんて知るはずないものね？　都の周辺の村々を中心に回る一座があるそうよ。あなた……よくご存じのはずよね？」

「……ッ！」

　鱗昭儀が息を呑んだ瞬間、コンコンと扉を叩く音が聞こえた。ひとりの宦官が入ってくる。玉瑛の耳もとでなにがしかを囁くとすぐにでていった。満足げに頷いた玉瑛は、落ち着きをなくしている鱗昭儀へ告げた。

「あなたのお父様が認めたそうよ。鱗昭儀はもともと賤民の娘であった、と」

「あ……」

　カタカタと震え始めた鱗昭儀に、玉瑛はこともなげに続けた。

「旅芸人の踊り子ねえ。苦労したんでしょうね。大勢に見られる仕事だもの。誰かがあなたの顔を覚えているかもしれない……。だから、興業で回った村の出身者を〝掃きだめ〟にして、最終的に死ぬように仕向けた。いいえ——むしろそれは〝おまけ〟ね。だって後宮には数えきれないほど女官がいるんだもの。身近な女官だけ排しても意味がないわ」

　ちらりと鱗昭儀を見遣る。いつものすました顔はどこへやら、表情を取り繕う余裕がないくらい動揺している鱗昭儀へ、玉瑛は淡々と告げた。

「あなた、自分が受けた屈辱を他人で晴らしていたのね」

「ひっ……」

「賤民はそれこそ〝掃きだめ〟だわ。良民にどんな扱いをされても文句も言えない。興業で回った村々でひどいことをされた恨みを、その村出身の娘たちで晴らしていたんだわ。――見下げた根性ね。本当に……救いようがない」

室内にいた女官に目配せする。彼女は鱗昭儀の前に杯をひとつ置いた。中には致死毒が満たされていて、脂汗まみれになっている鱗昭儀の顔を映しだしていた。

「証拠はすべてそろっているの。言い逃れはできない。あなたの父上にもすぐに沙汰が下るわ。賤民を良民だと偽って後宮に招き入れた罪は重いの」

椅子から立ち上がって鱗昭儀に背を向けた。

苦しまずに逝ける毒を渡したのは、せめてもの情けだ。

「大勢の前で処刑されるか、それを飲んで果てるか……どちらか選びなさい。後宮は皇帝の〝家〟。取り仕切っているのはわたくしよ。この〝家〟には、あなたのような人がいてはいけないの」

きっぱりと言い切って、ゆっくりと扉へ向かって歩きだした。

「なによ……」

すると、鱗昭儀がボソリと呟いた。

玉瑛は足を止めた。顔だけ振り返れば、鱗昭儀の血走った目と視線が交わる。

「なによっ！　なによっ！　なによっ……!!　アンタには私の気持ちなんてわからないわよ……！　良家に生まれてぬくぬく育ったんでしょう!?　皇帝に愛されて!!　皇后にもなって!!　常に人を見下ろして生きているような女には、一度くらい天辺からみんなを見下ろしたいと思う私の気持ちなんて全然っ……」

「…………」

玉瑛が反論せずにいると、涙と汗でボロボロになった顔で鱗昭儀は続けた。

「なにが〝慈皇后〟よ。慈愛にあふれた人格者？　ふざけないでよ。アンタは邪魔者をみんな排除してきただけだわ。何人死んだのかしら。どれだけの人間を踏みつけにしてきたわけ？　あの馬鹿みたいに純粋な星妃が知ったらどう思うかしら……！」

目も当てられないほど取り乱している鱗昭儀を、玉瑛は静かな瞳で眺めている。小さく嘆息すると、まっすぐに向き合った。凛とした佇まいで見つめられ、鱗昭儀が怯えたようにビクリと身を竦めたのがわかる。

「確かに私には、あなたの苦労も気持ちもわからないわ。でも――あなたも私の気持ちはわからない。生まれた瞬間から皇后になれと育てられ、心から信じられる友人も作れず、後宮で熾烈な競争に巻き込まれ続けた私の気持ちなんて――」

足を引っ張り合いながら、ようやく手にした皇后の座である。だのに、いまだに気を抜けない日々が続いていた。玉瑛が死ねば得をする人間なんて山ほどいるからだ。

だけど……あの子は違った。

後宮という枠から外れた神様の花嫁。

蘭花だけは絶対に玉瑛と敵対しない。心を許してもいい——唯一の友人。

「わたくしね、あの子が新しい星妃だと聞いた時、心に決めたのよ。手を汚すのはわたくし。蘭花様には太陽の下で笑っていてもらうんだって……」

踵を返す。蘭花を傷つけた鱗昭儀にこれ以上時間も情も割くつもりはない。

「いくらでもわたくしを罵ってもらって結構よ。なんとでも言ってちょうだい。わたくしは、友のためにすべてを割り切ると決めたのだから」

足早に部屋を後にする。ゆっくりと閉じていく扉の向こうから、

「い、嫌。嫌よ。嫌……嫌ああああああ……」

鱗昭儀の悲鳴がもれ聞こえてきていた。

エピローグ

祭りの熱狂も冷めやらぬ中、私は白星と共に七星宮へ戻ってきていた。中に入るなり大勢の女官たちに引き渡され、あれよあれよという間に衣装を剝ぎ取られる。

「あ、あの？　り、凜凜……？」

「すべて私どもにお任せくださいませ」

ニコリと笑んだ凜凜に湯殿に放り込まれ、全身を清められる。いつもとは違う甘い香りがする香油で髪を梳かれ、体のあちこちを丁寧に揉みほぐされた。

振り返るべきいろいろな出来事があるはずなのに、女官たちに全身をいじくられてそんな暇もない。アワアワと混乱しているうちに、綺麗さっぱり整えられた私は寝室へと連れてこられた。

「失礼いたします」

凜凜に続いて中に入れば、白星が私を待ち構えている。

「来たか。蘭花……！」

卓の上には軽食が用意されており、すでに白星は一杯やっていたらしい。ほろ酔いの白虎は、満面の笑顔で出迎えたかと思うと、ひょいと私を抱き上げて歩きだした。

「はっ、白星様……!?」

慌てて凜凜に助けを求めようとするも、有能すぎる女官の姿はすでにない。

白星は、長椅子に座って私を膝の上に乗せた。

「腹は減っていないか？　飲みたいものは？」

「えっと……。だ、大丈夫です」

「そうか」

上機嫌に笑った白星は、私の首もとに顔を埋めた。

「鴉は死んだ。ようやく心置きなくお前と共にいられる」

それは千年ぶりにこぼした安堵の声だ。

胸が苦しくなって、私は白星の頭に自分のそれを預けた。

「……はい。もう私たちを邪魔しようとする人はいないはずです」

さらさらと頭を撫でてやる。白星はふるりと小さく震えて、勢いよく立ち上がり寝台へと向かった。

「きゃっ……」

ぽすんと褥の上に下ろされて、羞恥のあまりに頬を染める。

――そうだった。祭りの後、私を抱くのだと白星様は言っていた……。

覆い被さってきた白星を眺めていると、心臓が壊れそうなほどに高鳴っているのがわかった。胸の中心に太陽が宿ったみたいに全身が熱くなっていく。

「蘭花」

白星が私の名を呼ぶ。そのたびに泣きそうになった。竹林で会っていた時、互いに名乗りもしなかった。いつか彼の名を知れるだろうかと焦がれて、胸を高鳴らせていたのが嘘みたいだ。

「——蘭花……」

私を呼ぶ白星の声には喜色が溢れている。彼がどれだけ私を求めているのか、声の響きを聞いただけで理解できた。ゾクゾクと歓喜の波が襲ってくる。耳朶に彼の吐息が触れるだけで、体が敏感に反応した。小さく声をあげそうになって必死に耐える。

「んんっ……」

彼の手が帯に伸びた。するりと衣が解けていく。肌に触れた空気の冷たさに、思わず全身が粟立った。だけど、彼の手が優しく触れると、じん……と信じられないほどの熱が広がっていく。今にも崩れそうな庵でひとり泣いた時には、絶対に感じられなかった温かさ。胸が締めつけられて苦しい。苦しいけど——不思議と悪くない。

「蘭花、俺にはお前だけだ」

涙がこみ上げてきて声もでない。

私は白星に必要とされている。白星の唯一は私で、私の唯一はまぎれもなく白星だ。

こくこくと頷きを返せば、彼はくしゃりと泣き笑いを浮かべた。

「そばにいてくれ。二度と離さない」

——ああ。孤独で報われなかった私はもういない。

誰からも求められず、心を寄せてもらえなかった日々はすでに過去だ。

ここにいるのは、白星という神様に心底愛されている私。

星妃として――これから幸せな日々を送るであろう私だ。

「はい。これからもずっと」

白星に手を伸ばした。まるで宝物のように彼の頭を抱きしめる。

「たとえ今世が終わろうとも、来世も白星様のそばにいます。ひとりにしないでください。ウサギは……寂しいと死んじゃうんですよ」

温かな涙が私の頬を伝っていく。

ゆっくりと顔を上げた白星は、くしゃりと心底嬉しそうに笑う。

「……もちろんだ!!　お前がいてくれれば、俺が凍える日は二度と来ない」

柔らかな白星の唇が、私のそれを優しくついばんだ。

ふたりの吐息が交じる。自然と互いの体に触れる。最初は遠慮がちに。そして大胆に――相手が自分のものだと知らしめるように。絡み合った体の熱が高まっていく。

やがて鉄が溶け合うように、私たちの境目はひどく曖昧になった。

――ああ、愛おしくて切なくて甘い。

彼と過ごす時間がなによりも尊くて。ずっとずっとこうしていたくて……。

だけど、明日が来るのが待ち遠しくもある。

そっと瞼を伏せると、彼が与えてくれる熱の心地よさに浸った。
格子窓から冴え冴えとした月光が室内に差し込んでいる。窓辺に置かれた虎の牙飾りが、どこか楽しげに私たちを見つめていた。

了

あとがき

初めましての方もお久しぶりの方もこんにちは。忍丸です。

このたびは「後宮の巫女嫁」をお読みいただきまして、まことにありがとうございます。初めての中華作品となりましたが如何でしたでしょうか。普段はどちらかというと、ほっこり優しい物語が多いものですから、こういうドロドロしたのは書いていてとても新鮮でした。楽しんでいただけたら幸いです。

スターツ出版文庫様では三作目となりました。別に意図はしていなかったのですが、なぜか全部タイトルに「嫁」と入ってますし、気がつけば異類婚姻譚ばかり……どうしてこうなったのか……恋愛主体となると、どうしても異類との恋愛を書きたくなる性癖でもあるのでしょうか。勝手に「嫁シリーズ」とでも呼びましょうか（笑）

ではでは、いつもどおりに謝辞を。

イラストをご担当いただいた碧風羽様！　本当にありがとうございます！　以前より、とても素敵な絵を描かれる方だなあ……と思っていて、いつか担当してもらえたら嬉しいな〜と夢想していたので、編集さんからお仕事を引き受けていただけると聞いた時は、びっくりして飛び上がってしまいました。ちょうど最寄りの駅にいた時だったので、さぞかし周りの人は不審に思ったでしょうね（笑）碧様のイラストは色遣いと瞳の輝きが本当に印象的で、何時間眺めていても飽きない魅力があります。ラフの時点から、どういうふうに仕上がるのかワクワクが止まりませんでした。一緒にお仕事が出来たこと、本当に感謝しています。

担当編集様にもたくさんのアドバイスをいただきました。本当にありがとうございました。色っぽい描写に苦労してしまいましたが、精一杯頑張ったつもりです……が、どうも慣れないので先に謝っておこうかな……。

その他、校正様、印刷会社様、営業様、書店のみなさま。そして今作を手に取って下さった読者のみなさまに感謝を。また出会えることを祈っています。

忍丸

この物語はフィクションです。実在の人物、団体等とは一切関係がありません。

忍丸先生へのファンレターのあて先
〒104-0031　東京都中央区京橋1-3-1　八重洲口大栄ビル7F
スターツ出版（株）書籍編集部 気付
忍丸先生

後宮の巫女嫁
～白虎の時を超えた寵愛～

2021年12月28日　初版第1刷発行

著　者　忍丸　©Shinobumaru 2021

発 行 人　菊地修一
デザイン　フォーマット　西村弘美
　　　　　カバー　北國ヤヨイ（ucai）
発 行 所　スターツ出版株式会社
　　　　　〒104-0031
　　　　　東京都中央区京橋1-3-1　八重洲口大栄ビル7F
　　　　　出版マーケティンググループ　TEL 03-6202-0386
　　　　　（ご注文等に関するお問い合わせ）
　　　　　URL　https://starts-pub.jp/
印 刷 所　大日本印刷株式会社

Printed in Japan

ISBN　978-4-8137-1197-1　C0193